Le trésor du Petit Nicolas

LE TRÉSOR DU PETIT NICOLAS
Le roman du film

D'après le film *Le Trésor du Petit Nicolas*
Un film de Julien Rappeneau

Scénario, adaptation, dialogues de Julien Rappeneau et Mathias Gavarry

D'après l'œuvre *Le Petit Nicolas*
de René Goscinny et Jean-Jacques Sempé

Création d'affiche : Le Cercle Noir pour Silenzio
Crédits photographiques : Jérôme Prébois
Conception graphique : AndMe
Suivi éditorial : Estelle Bompard

Remerciements à Virginie Lacaze

IMAV éditions
15, avenue Victor Hugo – 75116 Paris

contact@imaveditions.com
www.petitnicolas.com
www.facebook.com/Lepetitnicolas

UN FILM DE JULIEN RAPPENEAU D'APRÈS L'ŒUVRE DE GOSCINNY & SEMPÉ

Le trésor du Petit Nicolas

LE ROMAN DU FILM

Adaptation d'Emmanuelle Lepetit

IMAV éditions

Qui n'a jamais souhaité pouvoir retomber un instant en enfance ? Retrouver les parfums de la salle de classe, les bruits des jeux dans la cour de récré, les blagues des copains avec qui tout n'est qu'aventure et rigolade. Quand le producteur Olivier Delbosc m'a proposé de réfléchir à un nouveau *Petit Nicolas*, j'ai sauté sur l'occasion de m'offrir cette cure de jouvence. J'avais très envie de renouer avec une œuvre qui, pour moi comme pour de nombreuses personnes, a beaucoup compté.

Le Petit Nicolas m'a donné le goût de la lecture et a accompagné toute mon enfance et même au-delà. Des années plus tard, c'est tout naturellement que je l'ai fait découvrir à mes deux fils. J'ai pu alors constater que, de génération en génération, *Le Petit Nicolas* fonctionnait toujours. Car l'œuvre est à la fois universelle et intemporelle. Cette magie, on la doit à l'association de deux très grands artistes : Goscinny et Sempé. Avec leur humour ravageur, leur délicatesse et un sens aigu de l'observation, ils ont su se mettre à juste hauteur d'enfant pour parler des plus jeunes, mais aussi des adultes et de la part d'enfance qui demeure en chacun d'eux.

Cette double lecture permanente est l'une des grandes forces de l'œuvre et j'avais également envie de la conserver en me lançant dans l'aventure du film. Dès le départ, j'ai eu envie d'imaginer une histoire originale tout en restant, bien entendu, fidèle à l'esprit de l'œuvre d'origine. Quoi de mieux alors pour écrire un *Petit Nicolas* que de s'y atteler avec quelqu'un avec qui vous avez appris à lire sur les bancs du CP ? Voilà pourquoi j'ai choisi de travailler avec Mathias Gavarry, un ami d'enfance devenu scénariste.

Nous avons décidé rapidement de placer l'amitié au cœur de notre récit. Quand il apprend qu'il va devoir déménager parce que son papa a obtenu une promotion dans le Sud, le monde de Nicolas s'effondre. Impossible pour lui d'imaginer perdre ses copains, la fameuse bande des Invincibles. Aidé par ses amis, il veut empêcher coûte que coûte ce déménagement.

À partir de ce point de départ, nous voulions écrire une histoire qui mêlerait à la fois humour, aventure, émotion et qui permettrait à toute la galerie de formidables personnages du *Petit Nicolas* de jouer un rôle actif.

Ces personnages, il a ensuite fallu trouver les acteurs qui allaient les incarner à l'écran. Pour les adultes, j'ai eu la chance de travailler avec de grands comédiens qui, tout comme moi, ont pris plaisir à se retrouver plongés dans l'univers de la France du début des années 1960. Un long casting d'enfants a été nécessaire pour trouver Nicolas et ses copains. Il fallait trouver les bons caractères et croire à l'amitié indéfectible qui unit cette bande des Invincibles. Venus de toute la France, nos apprentis comédiens ne se connaissaient pas avant le tournage. Les voir au long de toutes ces semaines former un groupe de plus en plus soudé, assister à la naissance de leur amitié, fut pour moi l'une des grandes joies de cette aventure du *Trésor du Petit Nicolas*.

Julien Rappeneau

Avant l'aventure !

À plus d'un titre, *Le Petit Nicolas* tient dans ma vie une place très particulière.

Je n'avais que neuf ans quand mon père s'en est allé enchanter les anges d'un calembour ou deux, de l'autre côté du miroir. Or, de son œuvre alors qu'il vivait encore, je n'avais lu que les aventures du célèbre écolier. Sans doute m'a-t-il entendue rire… Sans doute ai-je pu superposer leurs voix. Je me souviens de son sourire souligné par ses fossettes. Plus tard, je découvrirai Astérix, Lucky Luke, Iznogoud.

Un jour, j'ai relu *Le Petit Nicolas* en me racontant une histoire. Imaginez un texte sur lequel serait imprimé un autre texte, sorti celui-ci tout droit de mon imagination.

Entre les lignes des nouvelles de mon père si brillamment illustrées par Jean-Jacques Sempé, je vivais son enfance. Et si la maman de Nicolas ressemblait à ma grand-mère paternelle ? Et si tout simplement mon père était à lui seul tous les enfants qu'il avait mis en scène ? Car Nicolas ne peut-il pas être lu et interprété comme une parfaite synthèse de son chouette tas de copains ? Chacun sa particularité, le chouchou, le cancre, le fils de riche, celui qui se bat, le gourmand. Mais Nicolas, comment le caractériser ? Il est celui qui tient le journal intime de tous les autres, de ses copains, de ses parents, de sa grand-mère, de sa maîtresse…

Nicolas est à la fois scribe et conscience.

Alors j'ai compris que cette œuvre-là était émaillée d'indices qui comme autant de petits cailloux me guidaient vers l'enfance de mon père.

Mais Nicolas n'était qu'un héros de papier jusqu'à ce que des producteurs audacieux aient envie de donner un visage à l'enfance de mon père. Un visage, une voix, une maison avec un parfum de tarte aux pommes.

Le succès du premier film a été à la hauteur de nos espérances et de la force comique et douce de mon père et de Sempé. J'ai d'ailleurs espéré que sur l'autre rive, mon père en serait le premier spectateur. Un deuxième film, plus estival, a suivi. Nicolas et ses parents nous ont invités à les accompagner au bord de la mer, le temps de vacances mouvementées et tendres.

Nicolas est ensuite retourné à son destin de papier.

– Et si on en faisait un troisième ? m'a demandé un jour Olivier Delbosc, l'œil pétillant.

Comment résister à une nouvelle représentation de l'enfance que mon père n'a pas eu le temps de me raconter ?

Je suis aujourd'hui comblée car non seulement ce Petit Nicolas qui n'en finit pas d'être incarné me prouve que les créateurs sont définitivement immortels, mais surtout il me murmure, en sautant à pieds joints dans une flaque, que leur enfance est un peu la vôtre, la mienne, la nôtre.

Plongeons alors avec délice dans cette nouvelle aventure et savourons ce trésor.

Anne Goscinny

Les adultes

Maman

C'est la plus belle maman du monde

Papa

Il est terrible papa

Mémé

C'est la maman de ma maman

M. Moucheboume

C'est le patron de papa, il aime pas perdre au tennis

Le Bouillon

C'est notre surveillant

Le directeur

Il fait toujours des jeux de mots

Blédurt

C'est notre voisin, il aime bien taquiner papa

La maîtresse

La maîtresse, elle est si gentille et si jolie

Grifaton

C'est le patron des établissements Grifaton

Les Invincibles

Nicolas

C'est moi !

Alceste

C'est mon meilleur copain,
il mange tout le temps

Agnan

C'est le chouchou
de la maîtresse

Eudes

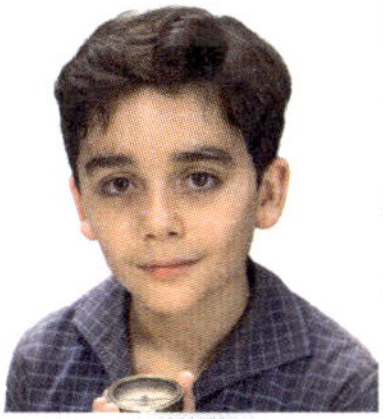

Il aime donner des coups de
poing sur le nez des copains

Clotaire

C'est le dernier de la classe

Geoffroy

Le papa de Geoffroy,
il a des tas d'argent

Rufus

Son papa, il est policier

Maixent

À la course,
il est le plus rapide

Et aussi Marie-Edwige

Elle est très chouette
Marie-Edwige

Sommaire

CHAPITRE 1

Un chouette sujet de rédaction

Demain, il n'y a pas école. Alors les devoirs, ça sera pour plus tard. La bande des Invincibles s'est donné rendez-vous sur le terrain vague.

– Y a pas coup franc ! hurle Rufus.

– T'es pas un peu fou dans ta tête ? Bien sûr qu'y a coup franc, riposte Eudes.

La partie de foot n'a pas commencé depuis cinq minutes et c'est déjà la bagarre.

– Sale tricheur ! glapit Rufus. Tu sais ce que mon père leur fait aux tricheurs comme toi…

Prudent, Agnan, chouchou de la maîtresse et arbitre autoproclamé du match, recule d'un pas. Il connaît la suite.

– … eh bien, il les met en prison ! assène Rufus.

Eudes éclate de rire :

– N'importe quoi ! Ton père, c'est pas un vrai policier, il fait juste la circulation.

– Menteur !

– Répète un peu pour voir ?

Rufus répète. Il n'aurait pas dû. Le poing de Eudes part comme un boulet de canon et atterrit pile sur son nez.

Les Invincibles, ils se chamaillent beaucoup, c'est vrai, mais ça ne les empêche pas d'être très copains. Ils sont sept, et tous différents comme le sont les jours de la semaine. Le terrain vague, c'est leur royaume, un demi-hectare de buissons, de vieux cailloux et de poussière, avec un arbre qui pousse tout tordu au milieu et une cabane à côté. Dans un coin, il y a une auto rouillée, sans toit ni portière, où ils montent parfois pour rêver qu'ils partent explorer l'univers. Entre les buissons, ils se rêvent Indiens ou cow-boys, espions ou aventuriers, conquérants de l'espace, grands reporters. Autour du terrain se dresse une palissade et personne ne peut deviner ce qui se trame derrière.

Mais cet après-midi, c'est football et il y a un intrus dans le fief. Agnan sent bien qu'il est de trop. Nerveusement, il remonte ses lunettes sur son nez. Il a un peu chaud sous sa veste d'écolier. Là-haut, le soleil de la fin avril brille dans un ciel bleu, comme les lignes tracées à l'encre sur ses cahiers.

Quand il ferme les yeux, Agnan en voit plein des lignes : des lignes et des lignes de calcul d'arithmétique. Il sait bien que les Invincibles, eux, ne voient pas tout à fait le même bleu. Le leur a la couleur des billes dans la cour de récré, ce bleu léger, sans nuages, d'un vrai ciel de printemps. S'il veut faire partie de la bande, il va falloir qu'il oublie un moment ses manies de premier de la classe. Qu'il fasse ses preuves.

Tournant la tête vers le toit de la cabane, le petit garçon observe avec envie le drapeau rouge planté fièrement au sommet. Sept lettres y sont inscrites en cercle, à la peinture d'or : ce sont les initiales du prénom de chacun de ses camarades, formant l'insigne des Invincibles.

« E, C, G, R, A, M, N »

Eudes, Clotaire, Geoffroy, Rufus, Alceste, Maixent et Nicolas. Ils n'ont peur de presque rien, les Invincibles. Sauf d'une chose : que leur ballon passe au-dessus de la clôture du fond du terrain et rebondisse dans le jardin de la veuve Zinzin. Et c'est ce qui vient de se produire !

– C'est à qui d'y aller, cette fois ? interroge Maixent, de l'air de celui qui n'a justement pas trop envie d'y aller.

– À moi ! fait une voix déterminée.

Les sept garçons se tournent vers Nicolas. Lui, il n'est pas aussi fort qu'Eudes, il ne court pas aussi vite que Maixent. Il n'est pas le premier de la classe comme Agnan, ni le dernier comme Clotaire. Il ne mange pas autant de pains au chocolat qu'Alceste et son papa ne gagne pas des tas d'argent comme celui de Geoffroy. En fait, Nicolas, ressemble à tous les petits garçons. Seulement, quand son tour est venu d'agir, il n'est pas du genre à se défiler.

Le garçon écarte deux planches de la palissade et se faufile de l'autre côté. Courbant le dos, il approche entre les hautes herbes, mimant les gestes d'un Sioux. Mais juste au moment où il jaillit pour s'emparer du ballon, une charentaise aussi leste que la serre d'un aigle vient se poser par-dessus.

– C'est ça que tu cherches ?

Nicolas lève les yeux vers la veuve Zinzin : avec sa canne

qui ressemble à un grand pistolet, elle est terrible ! On dirait Calamity Jane, en juste un peu plus ridée. Pour ne rien arranger, elle a un chien. Il n'est peut-être pas très gros, mais il grogne plus fort qu'un lion.

– C'est la cinquième fois que vous me l'envoyez ce mois-ci ! râle la vieille dame.

Lentement, elle se baisse pour ramasser le ballon. Puis elle le lui tend, en le fusillant du regard. Avalant sa salive, Nicolas s'efforce de soutenir le feu ennemi. Il plisse les paupières, comme il a vu les cow-boys faire, avant les duels, dans les films du *Cinémascope* – le grand cinéma du quartier. Il ne bouge pas. La vieille semble déstabilisée.

– Bon, bah, tu le prends ton ballon ?

Nicolas se méfie, c'est peut-être une tactique. Finalement, rassemblant son courage, il dégaine, jette les bras en avant et s'empare de son butin. Maintenant, il lui faut fuir sans demander son reste : et de cavaler à travers le jardin, les jambes fouettées par ce qu'il s'imagine être les herbes des grandes plaines du Far West, le fauve miniature à ses trousses. Un claquement : les planches de la palissade se sont refermées.

Dans le jardin, la vieille dame pivote péniblement sur sa canne pour regagner sa maison. Pendant ce temps, derrière la clôture, la liesse éclate. Nicolas est fêté comme un grand combattant revenu sain et sauf d'une expédition périlleuse. Les Invincibles ont encore triomphé ! Comme les jours de la semaine, ils sont peut-être différents, mais rien ni personne ne pourra jamais les séparer. Juré, craché.

On dit souvent qu'après la pluie vient le beau temps, Nicolas ne sait pas si c'est vrai. Mais une chose est certaine : après le terrain vague viennent les devoirs. Et ça, c'est presque pire qu'un jeudi tout gris. Surtout que la maîtresse a donné un drôle de thème pour la rédaction à rendre vendredi :

« Racontez le métier exercé par votre père. »

Assis en robe de chambre à la table du salon, Nicolas réalise qu'en fait il ne sait pas quel métier fait son papa. Il n'a jamais bien compris. Sur la feuille blanche étalée devant lui, il a écrit au stylo-plume, en essayant de ne pas faire de pâtés : « Le métier de mon papa, c'est… », puis s'est arrêté, perplexe. Un instant, il pense à Rufus qui va encore raconter plein d'âneries à propos de son père qui arrête des bandits : il a de la chance, ce gros menteur ! Mais Nicolas se console vite en songeant que, si le travail de son papa à lui est si mystérieux, c'est sans doute qu'il est beaucoup plus intéressant.

Se tournant vers la paroi ajourée séparant le salon de la cuisine, il aperçoit sa mère en train de sortir un poulet du Frigidaire. Comme tous les soirs, elle a l'air un peu débordée. Mais elle saura sans doute le renseigner.

– Dis, maman, c'est quoi le métier de papa ?

La mère de famille sursaute et lâche son poulet.

– Ben… il travaille pour M. Moucheboume, marmonne-t-elle, en attrapant son tablier.

Ça, Nicolas le sait bien. Son père n'arrête pas de prononcer le nom de ce monsieur le soir, quand il rentre de son travail.

– Oui d'accord, mais qu'est-ce qu'il fait exactement pour M. Moucheboume ?

Abandonnant son poulet, maman le rejoint dans le salon. Nicolas remarque qu'elle fait la même tête que son copain Clotaire quand la maîtresse lui pose une question, en classe.

– Ben… euh… il a un bureau, finit-elle par bredouiller.

Le garçon se dépêche de noter le mot « bureau » sur sa feuille. Puis il redresse la tête, impatient de résoudre le mystère :

– Et quoi d'autre ?

– Une chaise, des stylos…

– Une gomme ? l'interrompt Nicolas, qui continue de noter.

– Oui, oui, c'est ça, une gomme.

– Et qu'est-ce qu'il fait avec sa chaise, ses stylos et sa gomme ?

– Eh bien… il remplit des papiers, avec des mots et des chiffres, et ensuite il les efface avec sa gomme, pour en écrire d'autres à la place, répond sa mère qui a l'air de plus en plus embêtée.

Nicolas fronce les sourcils. Il est un peu déçu : le travail que fait son papa n'a pas l'air très différent de celui qu'il fait tous les jours à l'école. En tout cas, il a intérêt à en apprendre davantage s'il ne veut pas passer pour un guignol vendredi, devant les copains. Au même instant, le bruit d'une clé qui tourne dans la serrure résonne dans le couloir.

– Ah le voilà ! Tu vas pouvoir lui poser directement la question : il t'expliquera tout ça beaucoup mieux que moi ! souffle sa mère, visiblement soulagée.

Nicolas sait bien que quand son père rentre de son travail mystérieux le soir, il y a tout un rituel à respecter.

D'abord, il crie : « Chérie, je suis là ! » à maman, au cas où elle ne l'aurait pas entendu même si elle est juste à côté dans la cuisine, puis il enlève son pardessus et l'accroche au porte-manteau. Il regarde le courrier sur le petit meuble de l'entrée et fait la grimace parce que c'est des factures. Et là, il s'aperçoit que Nicolas est devant lui, depuis un bout de temps déjà, et il demande :

– Ah, ça va mon grand ? Ça a été à l'école aujourd'hui ?

Ensuite, pendant que Nicolas lui répond, il se dirige vers son fauteuil en dépliant son journal et en marmottant un « Très bien, très bien, mon grand… » de temps en temps. Nicolas profite souvent de ce moment pour lui avouer quand il a eu une mauvaise note – parce que c'est chouette : quand il lit son journal, son père, il trouve tout très bien, même les zéros. C'est vraiment le meilleur papa du monde !

Mais ce soir, c'est différent. Nicolas a très envie de percer le mystère. Alors, après avoir expliqué que le gymnase de l'école des filles est en travaux et que, du coup, les filles vont devoir venir dans celui de l'école des garçons et que forcément, ça va faire des histoires, il risque un :

– Papa, tu peux m'aider pour ma rédaction ?

Son père baisse son journal. Nicolas est content d'avoir retenu son attention. Hélas, le journal se relève aussitôt.

– Écoute, Nicolas, je n'ai pas eu une minute à moi aujourd'hui. Je suis TRÈS fatigué. Demande plutôt à ta mère.

Oh là là ! Nicolas tourne la tête vers la cuisine. Il sait bien ce qui va se passer maintenant. Et ça ne rate pas ! C'est un peu comme sur une scène de théâtre…

D'abord, sa mère surgit de la cuisine, poulet huilé à la main, et gémit :

– Oh pôvre papa qui a eu une journée harassante !

À ce moment-là, son père rabat son journal pour de bon, en se disant sans doute qu'il aurait mieux fait de se taire. Ensuite, maman entame une longue tirade où elle énumère tout ce qu'elle a fait pendant la journée : la lessive, le linge, les courses, la veste à déposer chez le teinturier et le mot de remerciement aux Patemouille pour leur dîner de la semaine dernière… Pendant ce temps, papa triture son journal en prenant un air penaud. Alors, maman porte l'estocade finale en lui proposant de mettre le poulet à cuire, d'équeuter les haricots et de dresser la table, s'il trouve si épuisant que cela d'expliquer son métier à son fils. Puis, très digne, elle repart vers ses fourneaux.

Le spectacle terminé, Nicolas a bien envie d'applaudir, mais il sait qu'il vaut mieux s'abstenir. Dans le silence qui plane à présent dans la pièce, son père ne tarde pas à capituler :

– Le métier que je fais, c'est ça le sujet de ta rédaction ? articule-t-il d'une voix faible.

Nicolas hoche vigoureusement la tête, il va enfin savoir !

– Ben… euh…

Il voit le regard de son père dériver vers le mur et devenir tout vague.

– Tu n'as pas classe demain, n'est-ce pas ? finit-il par répondre.

Évidemment pas : demain, c'est jeudi !

– Eh bien, que dirais-tu de m'accompagner au bureau ? Tu verras par toi-même.

En allant se coucher un peu plus tard, Nicolas se dit qu'il a vraiment de la chance. Il a des chouettes copains, des chouettes parents, qui se chamaillent souvent, mais seulement pour rire, et en plus demain il va pouvoir résoudre un terrible mystère. La maîtresse a bien fait de ne pas leur demander quel était le métier de leur maman. Ç'aurait été beaucoup trop facile de répondre ! Et Nicolas s'endort en pensant qu'il a une vie extraordinaire. Une vie qu'il ne changerait pour rien au monde. Même pas pour le plus beau des trains électriques.

CHAPITRE 2

Coup de tonnerre !

Le lendemain, en découvrant l'endroit où travaille son père, Nicolas n'est pas franchement dépaysé. Ça ressemble vraiment à son école ! Dedans, il y a un tas de couloirs et de salles avec, en guise d'élèves, plein de messieurs habillés en pingouin qui écrivent des trucs sur des papiers en bavardant tout haut. Sauf qu'ici il n'y a ni maîtresse ni Bouillon – c'est-à-dire pas de surveillant grincheux qui passe son temps à faire les gros yeux et distribuer les punitions. Alors, forcément, ça rigole bien !

Calé sur un tabouret à côté du bureau paternel, Nicolas ouvre grand les yeux. Il a pris son carnet de détective avec lui, pour noter toutes ses observations.

CHAPITRE 2

La pièce où est installé son père, remarque-t-il, est juste un peu moins grande que sa salle de classe à lui. Assis en rang d'oignons derrière leur table, les collègues de son papa ne sont pas très différents de ses copains. Il y en a un qui dort sur ses cahiers, comme Clotaire pendant les leçons. Un autre est occupé à manger un sandwich : il met des miettes partout, comme Alceste. Au fond, près du radiateur, sévit l'inévitable bande de marioles : trois types, qui pourraient ressembler à Eudes, Rufus et Maixent, plus un quatrième qui s'amuse à lancer des avions en papier presque aussi bien que Geoffroy. Tout bien réfléchi, se dit Nicolas, il n'y en a qu'un seul qui a l'air de vraiment travailler dans cette pièce: un gars tout maigre, avec les mêmes lunettes qu'Agnan, qui tape à la machine à écrire sans jamais s'arrêter. Ça doit être le premier du bureau.

Quant à son père, Nicolas se pose des questions : depuis qu'il est arrivé, il se contente d'empiler des petits paquets de feuilles les unes sur les autres, en faisant « hum, hum » au téléphone. Nicolas ne voit pas du tout à quel métier ça peut correspondre. Alors quand il l'aperçoit enfin se lever et se diriger en flèche vers le bureau d'un collègue, le garçon le talonne, son carnet à la main, prêt à récolter des indices.

– Dis donc, Barlier, ça serait pas la mienne par hasard ?! entend-il son père ricaner, en s'emparant d'une agrafeuse bleue sur le bureau.

Le collègue s'esclaffe :

– Ah parce que môssieur considère qu'il a « son » agrafeuse ?

– Tout à fait. La bleue, c'est la mienne !

Nicolas se dépêche de noter cet intéressant dialogue sur son calepin. Ensuite, relevant les yeux, il constate que son père a aligné une liasse de feuilles sur le bureau. Après les avoir tapotées un moment, il les agrafe avec soin :

– Et voilà le travail ! s'écrie-t-il. Tu vois, fiston, pour faire du bon travail, il faut du bon matériel !

Nicolas fronce les sourcils : donc, le travail de son père consisterait à… Mais il n'a pas le temps de pousser ses réflexions plus loin, car le dénommé Barlier a alors la mauvaise idée de lui demander s'il travaille bien à l'école :

– Des fois oui, des fois non, lâche Nicolas, en toute honnêteté.

– Comme ton père, quoi ! réplique le collègue, hilare.

Cette blague fait rigoler tout le monde – sauf son papa, bien entendu. Lui, n'a pas l'air de trop apprécier, et quand un nouvel avion en papier vient s'écraser sur sa figure, il devient même tout rouge. Heureusement, au même instant, la porte s'ouvre, et tous les pingouins replongent fissa le nez dans leurs cahiers. Tournant à son tour la tête vers la porte, Nicolas voit pénétrer dans la pièce un curieux personnage. Il a les cheveux tout blancs, le visage tout bronzé, et un joli petit mouchoir rouge qui dépasse de la poche de sa veste :

– Bonjour M. Moucheboume, balbutient les pingouins d'une voix étranglée.

Pas de doute, c'est le directeur !

On pourrait entendre une mouche voler dans le bureau maintenant, note Nicolas ; même les marioles se tiennent à carreau. Très sûr de lui, M. Moucheboume s'est dirigé au centre de la salle. Il prend la parole :

– Messieurs, j'ai une grande nouvelle à vous annoncer, dit-il d'une voix ronflante. J'ai enfin convaincu notre principal concurrent de vendre son entreprise. Cela signifie que bientôt les établissements Moucheboume vont racheter les établissements Grifaton !

Applaudissement général ! Nicolas n'a rien compris, mais il fait comme les autres. Il remarque que le directeur n'a pas l'air d'avoir trop envie de s'attarder parmi eux. Après avoir distribué de grandes claques rigolotes dans le dos de ses employés, il se redirige vers la porte. Seulement, juste avant, Nicolas l'entend glisser un mystérieux message à l'oreille de son papa :

– Passez me voir demain, mon vieux. Il faut que je vous parle de quelque chose.

Nicolas se demande ce que ça peut bien être. Sûrement une mission spéciale, ultra secrète, se dit-il. Laquelle, il serait incapable de le dire car il n'a toujours pas compris ce que fabriquait son père dans ce bureau… mais il ne perd pas espoir d'y arriver !

Le jour suivant, à l'école, le petit enquêteur se fait bien sûr une joie de raconter son aventure aux copains. La fin de la récré a beau avoir sonné depuis longtemps, planté au milieu de la cour tel un troubadour des temps anciens, il clame devant son auditoire le récit des prodigieux exploits paternels :

– Et à ce moment-là, mon père va chercher son agrafeuse… Mais pas n'importe laquelle !

Eudes, Rufus, Geoffroy, Clotaire, Maixent et même Alceste, qui en oublie de terminer son goûter, sont suspendus à ses lèvres :

– L'agrafeuse bleue ! Celle que tout le monde veut ! Et quand il l'a retrouvée… il attaque ! Clac ! Clac ! Clac !

Geoffroy interrompt l'épopée en levant un sourcil :

– C'est ça le métier de ton père ?

– Agrafeur ? s'étonne Clotaire

– Tout à fait !

En réalité, Nicolas n'en est pas encore trop certain. Il hésite avec « empileur de feuilles ». Mais devant son public, pas question de montrer la moindre trace d'hésitation. Ce qui le chiffonne, c'est que les copains n'ont pas l'air très impressionnés. Il faut absolument finir de les convaincre du brio de son papa – et profitant du fait que le Bouillon soit allé faire les gros yeux à un autre groupe de retardataires, il se lance dans de nouvelles explications…

Pendant ce temps, devant le perron menant aux salles de classe, une jeune femme contemple, désemparée, ses élèves éparpillés dans la cour. À côté d'elle, il a suffi que sa collègue, Mme Bouillaguet, claque une fois des doigts pour que les siens s'alignent gentiment deux par deux, prêts à monter en classe. Mais comment diable fait-elle ? D'où lui vient cette autorité ?

Pour la troisième fois, la maîtresse appelle :

– Les garçons ! Tous en rang s'il vous plaît !

Hélas, comme de coutume, une seule voix lui répond :

– Moi, mademoiselle, je suis dans mon rang.

C'est Agnan, bien entendu…

CHAPITRE 2

– Alors, mon chéri, tu as passé une bonne journée ?

Évidemment, comment pourrait-il en être autrement ? Toutes les journées de Nicolas sont merveilleuses ! Tandis que sa maman, telle une créatrice de mode, s'évertue à le coiffer d'une parfaite raie sur le côté, le garçon, assis en robe de chambre sur son lit, a encore et toujours plein de choses à raconter :

– Tu sais ce que c'est une éclipse, maman ?

– Oui, c'est quand le soleil est caché par la lune…

– Pas du tout, c'est quand la lune cache le soleil, affirme-t-il. Eh bien, tiens-toi bien : dans deux mois il va y avoir une éclipse TOTALE de soleil. Même qu'il n'y en aura pas d'autres pendant trente-deux ans !

– Oh c'est long ça ! dit sa mère en ramassant un jouet qui traîne.

Nicolas en profite pour se recoiffer – ou plutôt se décoiffer, ruinant instantanément l'œuvre de sa maman.

– Ouais, même qu'avec la maîtresse on va apprendre plein de choses sur le soleil. Et le directeur est venu aujourd'hui : il a demandé à toutes les classes d'inventer un objet en rapport avec l'astronomie. On va le fabriquer tous ensemble, c'est une sacrée mission !

Au même instant, une voix retentit au rez-de-chaussée :

– Chérie, je suis là !

– Ah ton père, déjà ? Il est en avance, aujourd'hui. Vite, mon rôti…

Dévalant les escaliers à la suite de sa mère, Nicolas se précipite : il a hâte de raconter sa mission à papa. Mais, en arrivant en bas, il s'arrête tout net. Quelque chose ne tourne pas rond. Son père vient de déposer deux coupes à champagne sur la table du salon. Et il a un bouquet de fleurs entre les mains.

– Oh joyeux anniversaire, maman ! souffle Nicolas.

– C'était il y a deux mois, mon canard, sourit sa mère, qui a l'air aussi intriguée que lui.

Devant ses deux spectateurs, papa fait le beau. Il gonfle le torse. Rajuste son costume.

– Vous ne remarquez rien ?

– Tu es allé chez le coiffeur ? tente son épouse.

– Mais non ! Bon… tu sais que mon patron, Moucheboume, rachète l'entreprise de Grifaton ? Comme directeur de ce nouvel établissement, il a évidemment besoin d'un homme rigoureux et de confiance. Alors : devine qui il a choisi ?

Nicolas se tourne vers sa mère : il adore quand ses parents jouent aux devinettes. Au bout d'un moment d'intense réflexion, sa mère finit par proposer un nom :

– Barlier ?

– Bah non ! souffle papa, qui n'a pas l'air de trop aimer cette réponse.

– Duparc alors ? reprend maman.

– Non ! resouffle papa, de plus en plus dépité.

– Pas Dubroche quand même ! s'exclame maman, en désespoir de cause.

– Mais non ! C'est moi qu'il a choisi, voyons ! craque papa.

– Nooon ?

Si la maman de Nicolas a l'air extrêmement surprise, et même pour tout dire incrédule, Nicolas, lui, ne l'est pas le moins du monde. Voilà ce que M. Moucheboume voulait annoncer à son père dans le secret de son bureau : directeur, c'est une mission terrible ! Presque aussi chouette que celle de l'objet astronomique qu'il va construire avec ses copains. Tout fier, le garçon s'élance dans les bras de son papa, avec l'espoir de pouvoir partager avec lui ce fabuleux projet. Mais, avec un petit serrement au cœur, il remarque vite que ses parents ne font soudain plus du tout attention à lui.

– Alors tu vas devenir directeur ? souffle maman d'une drôle de voix, en allant à son tour enlacer son mari.

– Eh oui ! se rengorge celui-ci. Avec le salaire qui va avec, et tout, et tout…

Nicolas le voit s'emparer de la bouteille de champagne.

– Et c'est pour quand ? roucoule maman.

– Dans trois mois, juste avant les vacances, sourit papa, en décortiquant le petit papier doré autour du bouchon.

Avec un petit gloussement satisfait, sa mère s'empare du vase posé sur la table : d'un geste léger, elle plonge les fleurs dedans. Papa ajoute alors :

– Ça va nous demander un peu d'organisation, mais on va y arriver.

– Et pourquoi donc ? demande maman avec un grand sourire.

– Bah… pour le déménagement !

En entendant ce mot, Nicolas sent un fluide glacé parcourir ses veines. Sa mère, à côté de lui, a perdu instantanément son sourire :

– On va déménager ? balbutie-t-elle. Mais où ça ?

– Eh bien, là où se trouve le siège des établissements Grifaton, répond papa d'un air béat. À Aubagne, dans le sud de la France : magnifique, non !

BRRRAOUM ! Tel un coup de tonnerre, le bouchon saute au même instant. Au ralenti, Nicolas voit le champagne jaillir jusqu'au plafond. Il entend aussi le bruit d'un vase qui dégringole. Puis tout devient sombre, il n'entend plus rien. Devant ses yeux défile le visage de ses copains : Alceste, Eudes, Geoffroy, Clotaire, Rufus, Maixent. Les Invincibles, sa bande d'inséparables. Ensuite, tout se brouille : c'est l'éclipse. Ravalant ses larmes, il court se réfugier dans sa chambre.

CHAPITRE 3

Un projet qui ne fait pas l'unanimité

– Je vais partir.

Planté devant la grille de l'école, face à tous ses copains, Nicolas vient de prononcer la phrase fatidique. Et au moment où les paroles franchissent ses lèvres, il a l'impression de s'arracher le cœur.

– Ben oui, nous aussi, banane : on va tous au musée ! répond Clotaire.

Nicolas laisse échapper un soupir. Comme d'habitude, Clotaire n'a rien compris. Après un coup d'œil à la maîtresse, qui essaye de compter ses élèves massés un peu plus loin sur le trottoir, devant le car scolaire, Nicolas précise :

– Non, je ne parlais pas de la sortie d'aujourd'hui. Je

vais partir loin d'ici : je déménage.

Stupeur parmi les Invincibles...

– C'est pas possible ! Tu t'en vas où ? articule Maixent.

Nicolas fait un geste vague de la main : il pourrait aussi bien désigner le pôle Sud, ça reviendrait au même.

– Dommage ! Va falloir effacer le « N » de notre drapeau alors ! lâche Geoffroy.

Nicolas serre les dents et se concentre très fort pour ne pas pleurer.

– Pour l'exposition « Les Vikings et le soleil », tout le monde dans le car ! tonne le Bouillon.

Mais les Invincibles sont sous le choc : ils ne l'entendent pas.

– Allez, on se dépêche ! Dans le bus, et que ça saute !

Aucune réaction.

Le surveillant, furibond, met la main à sa poche pour en sortir son sifflet. Puis la tâte, perplexe... Plus de sifflet ! C'est le quatrième qu'il perd en moins d'un mois. Ce n'est pas normal.

– En avant, ou je viens vous chercher moi-même ! hurle-t-il, en direction du petit groupe qui entoure Nicolas.

Tels des zombies, les garçons finissent par monter à la queue leu leu dans le car.

Au musée, ils n'ont ni la tête ni le cœur à écouter le guide. Il faut les comprendre : quand on vient d'apprendre que son meilleur copain part habiter à l'autre bout de la

Terre, on ne s'intéresse pas trop aux antiquités. Et même si, parmi ces vieilleries, il y a l'épée vachement tranchante du chef viking Olaf le Borgne, on ne fait pas attention. Un ami s'en va, et le monde entier est dépeuplé.

– Il est pas question que tu partes, grogne Maixent.

– Ouais, on va organiser une manifestation géante avec des pancartes ! promet Eudes.

– Espèce d'andouille, tu veux que mon père nous passe les menottes ? objecte Rufus.

– Nous embête pas avec ton père : il fait juste la circulation !

Pour une fois, Rufus ne réagit pas à la provocation. Preuve que la situation est vraiment grave.

– Je sais ce qu'il faut faire ! Je vais en parler à mon père : il va racheter l'usine ! décrète Geoffroy. Et là t'as pas de souci à te faire : mon père ne confiera jamais la direction à un type comme ton père.

– Et pourquoi ça, je te prie ? sursaute Nicolas.

– Parce qu'il n'a pas une tête de patron, ton père. Il est trop souriant. Un patron, ça ne sourit pas.

– Hum, hum, hum…

Un raclement de gorge courroucé vient mettre fin à ce débat prometteur. Les garçons se retournent et découvrent leur maîtresse. Ils sont bien forcés de la suivre !

Le reste de la classe est attroupé devant un présentoir – bien sûr, Agnan est au premier rang, avec sa mine habituelle

de cafard fayot. En poussant un peu leurs camarades, les enfants aperçoivent, derrière la vitrine, un pendentif en or, gravé d'un soleil.

– Pour les Vikings, une éclipse était un événement terrible, explique le guide. Selon eux, le soleil était alors dévoré par une créature malfaisante…

Nicolas visualise M. Moucheboume, son visage tout bronzé tordu par un horrible rictus. Il est gigantesque. Ses chaussures vernies touchent le sol ; sa tête, le ciel. Il croque un gros bout de soleil et met ce qui reste dans la poche de sa veste : ça lui fait un joli petit mouchoir rouge sang.

– Ce pendentif faisait partie du butin fantastique qu'Olaf le Borgne a enterré après avoir pillé notre région, poursuit le guide. C'est l'unique vestige que les archéologues ont pu retrouver, le reste doit encore être enseveli quelque part.

Comme par magie, le mot « butin » a retenu l'attention de Nicolas, et celle de presque tous les Invincibles. Sentant qu'il a enfin conquis son public, le guide s'enflamme :

– En tout cas, ce bijou est la preuve irréfutable qu'Olaf le Borgne et ses guerriers sont venus jusqu'ici. Mais sachez qu'à l'époque notre ville se défendit au prix de combats sanglants, qui firent des dizaines et des dizaines de morts !

Content de son petit effet, le guide s'apprête à continuer quand le bruit d'un corps s'écroulant au sol retentit dans la salle. Tout le monde fait volte-face et découvre Alceste étendu par terre, livide, victime d'un malaise !

– Oh mon dieu ! balbutie le guide, persuadé d'être le responsable de cette fâcheuse situation.

En réalité, il n'en est rien.

– C'est Clotaire : il a dit à Alceste que pour empêcher ton déménagement, on allait tous faire une grève de la faim, révèle Eudes aux copains.

Après cette visite cataclysmique, la journée de Nicolas est à l'avenant : un long tunnel sans soleil, sans partie de foot ni rigolade, et même sans terrain vague. Il n'a plus le goût à rien. Le soir venu, couché en chien de fusil dans son lit, il ne trouve pas le sommeil. Son père, venu lui dire bonsoir, a bien du mal à le consoler.

– J'irai pas ! Je partirai jamais ! gronde le petit désespéré. Je m'attacherai à la grille du jardin s'il le faut, avec les menottes du père de Rufus.

– Ne dis pas n'importe quoi, Nicolas ! Le père de Rufus fait juste la circulation, il n'a pas de menottes…

– J'ai pas envie de perdre tous mes copains.

– Mais tu t'en feras plein d'autres, des copains !

– Pas des aussi chouettes !

Le père de Nicolas pousse un soupir.

– Tu sais, j'ai toujours eu des chefs, des sous-chefs et des sous-sous-chefs. Alors devenir directeur… essaye de me comprendre. Je ne peux pas refuser ça !

Mais Nicolas, buté, ne répond rien.

– Fais-moi confiance : tu vas voir, Aubagne ça va être formidable ! murmure le père de famille, avant de déposer un baiser sur la tempe de son fils et de sortir de la pièce.

Malheureusement pour lui, dans la chambre à coucher, sa femme ne semble pas de bien meilleure humeur que Nicolas. Perchée sur un escabeau, elle s'est mise en devoir de décrocher les rideaux.

– Chérie, il est dix heures du soir…

– Ils ne vont pas descendre tout seuls, ces rideaux !

– Oui, mais on a le temps : on ne part que dans trois mois…

– Tu réalises ce que c'est un déménagement ? Il faut tout emballer : les meubles, la vaisselle, les vêtements ! Remplir les cartons ! Et après, il faut trouver une maison, s'installer, défaire les cartons !

La voix de la jeune femme se brise. La perspective de devoir changer de vie la bouleverse presque autant que Nicolas, réalise son mari.

– Chérie, calme-toi. Allez, descends…

Lui prenant la main, il l'attire contre lui.

– Je n'y arriverai jamais ! sanglote-t-elle contre sa poitrine. Tout quitter comme ça !

Ébranlé, le père de Nicolas embrasse du regard la pièce qui l'entoure. Avec son papier peint fleuri, ses meubles chinés dans les braderies, elle n'a rien d'extraordinaire, elle est conforme au reste de la maison. Mais c'est son nid, il s'y est attaché lui aussi, et dieu sait combien de sacrifices il a dû faire pour en arriver là… Lui qui aurait pu être acteur de théâtre ou champion cycliste ! Cette pensée lui remet les idées en place. Quand le destin vous tend une perche, il faut savoir la saisir. Prenant sa femme par les épaules, il argumente, persuasif :

– Ici, tu te plains toujours de ne pas avoir assez d'espace, trop de corvées. Imagine ! Là-bas, on va avoir une grande maison, des placards partout, et même des domestiques : tu n'auras pratiquement plus rien à faire !

Puis, se détachant de son épouse, il écarte les draps du lit :

– Tu vas voir, Aubagne, ça va être formidable !

Mais la jeune femme, assise au bord du lit, fait toujours grise mine.

– Je n'aurai jamais le temps de tout faire… gémit-elle.

– Je vais t'aider !

– M'aider ? À chaque fois que tu dis ça, cinq minutes plus tard, tu ronfles dans ton fauteuil !

– Je ferai tout ce que tu voudras, lâche le père de Nicolas, conscient que le terrain devient glissant.

– Tout ?

– Tout !

– Les carreaux ?

– Les carreaux !

– Les courses ?

– Les courses !

– Très bien, dans ce cas, je vais dire à maman de venir quelques jours. Elle va nous donner un coup de main, enchaîne sa femme.

Le futur directeur des établissements Grifaton réalise alors, mais un peu tard, qu'il vient de tomber dans un piège. C'est à son tour de gémir :

– Ta mère ! Oh non, pas ta mère…

– Parfaitement : ma mère !

Et tandis que sa femme, victorieuse et rassérénée, se glisse enfin sous les draps, il se fige, puis se recroqueville en chien de fusil au fond du lit. Ce déménagement est vraiment très, très mal parti…

•

Plusieurs jours ont passé, Nicolas est fatigué. La nuit, il fait d'horribles cauchemars. Ça commence toujours avec le soleil. Un énorme soleil qui dévore tout dans le ciel : le soleil du Sud, forcément. Ensuite, il entend le bruit de pierres que l'on fracasse et une phrase, comme un aboiement :

– Au bagne, on travaille !

Et là, c'est l'enfer : il se retrouve soudain au milieu d'une immense carrière, en tenue de bagnard, une chaîne au pied, une pioche à la main, le visage en sueur, en train de casser des cailloux. Papa et maman sont à côté de lui. Ils sont tous prisonniers. Et papa n'arrête pas de répéter :

– Alors ? Formidable, non ?

– Silence ! aboie la voix. Au bagne, on se tait !

Nicolas lève les yeux et il le voit : le malfaisant !

M. Moucheboume, immense, énorme, le visage en flammes, avec la même tenue noire que le Bouillon et son petit mouchoir rouge sang qui dépasse, projetant son ombre maléfique sur la Terre.

Tous les matins, Nicolas se réveille en nage. Ses journées se traînent, grises, moroses, pareilles à des boulets qu'il porterait accrochés aux mollets. Et dans la cour de l'école, à chaque fois qu'il croise le Bouillon, il tressaille, mal à l'aise… D'autant que ce dernier, il l'a remarqué, les regarde bizarrement depuis quelque temps, lui et ses copains. Surtout Clotaire, à vrai dire. Nicolas en mettrait sa main au feu : quelque chose se trame. Il y a un mystère à l'école. En temps normal, il se ferait un plaisir de le résoudre. Mais là, il n'en a même pas envie. Il a d'autres tourments.

Même les récrés ne lui font plus d'effet. Il les passe toutes, affalé sur un banc, à regarder par terre, les cailloux et la poussière.

Ce matin, toutefois, une voix amie le tire de sa rêverie :

– T'en veux ?

Nicolas aperçoit un pain au chocolat à moitié dévoré se matérialiser sous ses yeux. Il relève la tête et découvre Alceste, assis à côté de lui.

– Tu me proposes de partager TON goûter ? souffle-t-il, surpris.

Le moment est historique : Alceste ne partage jamais

son goûter. Puis Nicolas comprend que s'il le fait, c'est qu'il doit vraiment avoir de la peine pour lui. Ça le rend encore plus triste.

– Manger, ça remonte le moral, sourit Alceste, en découvrant ses dents pleines de miettes.

Ému, Nicolas se saisit du pain au chocolat. Alceste est tellement un bon copain. Le meilleur de la bande : celui qu'il préfère ! Il croque, du bout des lèvres, dans la viennoiserie puis se lève. Côte à côte, les deux amis remontent le couloir sous les arcades de l'école.

– Tu sais, j'ai bien réfléchi, reprend soudain Alceste. Je ne vois qu'une solution : il faut que le patron de ton père change d'avis. Qu'il renonce à lui donner le poste.

Nicolas hausse les épaules. C'est impossible : tout est déjà décidé.

– Non ! martèle Alceste. Ma mère me répète toujours

un dicton quand je rôde près du four, dans la cuisine : « On ne goûte pas au gratin tant qu'il n'est pas prêt. » Eh bien, là, c'est pareil...

Nicolas fronce les sourcils : à première vue, il ne voit pas trop le rapport entre son père et un gratin.

– C'est pareil, je t'assure : il faut que M. Moucheboume se dise que ton père, pour devenir directeur, il n'est pas prêt ! explique Alceste.

Sur ce, le gourmand reprend le croissant des mains de Nicolas et en déchire une grosse bouchée. Avant de conclure, la bouche pleine :

– T'as pas le choix : ch'est cha ou tu déménages !

CHAPITRE 4

Balle de match !

– Je vous assure, monsieur le Directeur, quelque chose ne tourne pas rond dans cette école.

– Et pourquoi ça, monsieur le Bouill… euh, monsieur Dubon ?

– On me vole mes sifflets !

Assis derrière son bureau, le directeur de l'école de Nicolas se passe la main sur le visage. Puis il observe, à demi amusé, la silhouette bedonnante de son surveillant en chef planté en face de lui.

– Vous les avez peut-être perdus ? suggère-t-il. Le surmenage, ça arrive à tout le monde…

– Non ! Il y a parmi les élèves, j'en suis convaincu, un dangereux cleptomane décidé à saper mon autorité. L'affaire est sérieuse, monsieur le Directeur. Voler un sifflet dans une école, c'est attaquer les valeurs de la République.

Le directeur laisse échapper un petit sifflement :

– Ça me coupe le sifflet !

Puis, voyant que son subalterne ne réagit pas :

– C'était un jeu de mots, explique-t-il.

Toujours aucune réaction. Renonçant à détendre l'atmosphère, le directeur attrape un sifflet neuf dans le tiroir de son bureau. Le surveillant s'en empare, comme un chat d'une sardine, puis fait claquer ses talons à la façon d'un caporal :

– Je vais résoudre cette affaire, monsieur le Directeur, et démasquer ce malfaiteur. Je vous en fais la promesse.

– Comme vous voudrez, monsieur Dubon. Et surtout bonne soirée : reposez-vous bien !

Le surveillant parti, le directeur s'approche de la fenêtre. Il regarde le grand marronnier au milieu de la cour qui a sorti ses premières feuilles, d'un joli vert tendre. Se penchant par la croisée ouverte, il respire le doux air printanier. En cette fin d'après-midi, l'école est déserte. Tout est calme. Seul un bruit de moteur vient troubler, l'espace d'un instant, la quiétude ambiante : à travers la grille, le directeur aperçoit une voiture tape-à-l'œil, qui file bien au-dessus de la limite de vitesse autorisée. Il secoue la tête d'un air désapprobateur et referme la croisée.

L'occupant de la voiture tape-à-l'œil, c'est le père de Nicolas. Il vient d'aller la récupérer chez le concessionnaire et n'en revient toujours pas d'être au volant. Il a hâte d'arriver chez lui et d'en mettre plein la vue à son voisin.

En tournant dans sa rue, ça ne manque pas : il aperçoit cette tête d'œuf de Blédurt, qui prend le frais à sa fenêtre comme à peu près tous les soirs. Heureusement, il y a une place libre juste devant sa maison : il s'y engouffre, en donnant trois magistraux coups de klaxon.

– Eh ben… siffle le voisin. T'as gagné à la loterie ?!

– En quelque sorte, mon vieux.

– Essaye de pas l'emboutir, celle-là ! riposte aussitôt Blédurt. Quand on n'est pas fichu de faire un créneau…

Il est interrompu par la mère de Nicolas, qui vient d'ouvrir la porte :

– C'est quoi, cette voiture ?

– Une voiture de directeur, chérie ! répond bien fort le père de Nicolas, en coulant un regard vers son voisin.

La réaction de ce dernier est à la hauteur de ses espérances : il est au bord de l'apoplexie – ses joues ont pris la même couleur que les géraniums de sa jardinière ! Pendant ce temps, sa tendre épouse s'est penchée pour observer l'intérieur de l'automobile.

– Un vrai bijou, n'est-ce pas, chérie ? reprend le père de Nicolas, en parlant toujours aussi fort. Fauteuils en cuir, auto-radio, climatisation...

– Et mémé ?

– Quoi, mémé ?

– Ma mère ! Tu étais censé aller la chercher à la gare !

Sans piper mot, le papa de Nicolas retourne s'installer au volant. Avant de faire ronfler le moteur, il a, hélas, le temps d'entendre son voisin éclater d'un rire moqueur...

Un peu plus tard dans la soirée, le tablier de sa femme noué autour de la taille, le pauvre homme s'active devant les fourneaux pour terminer le repas. Par la paroi ajourée séparant la cuisine du salon, il jette des regards assassins à sa belle-mère qui a eu le culot de s'asseoir dans SON fauteuil et qui est en train de lire SON journal. Cette femme – ou plutôt ce dragon ! – est une calamité vivante, une épine dans le talon de son mariage.

– Voilà chérie, finit-il par annoncer en émergeant de la cuisine : la tarte est au four !

– Merci chéri ! répond sa femme en écho, depuis le canapé où elle feuillette un magazine.

– Elle sera prête dans trois quarts d'heure, ça me laisse juste le temps de…

– Nettoyer le miroir ? Bonne idée, chéri ! Le chiffon et le produit sont sous l'évier, reprend son épouse, d'un ton enjoué.

Ravalant un cri de désespoir, le père de Nicolas obtempère. Et lui qui comptait avancer sur ses dossiers : Grifaton arrive dans trois jours et Moucheboume l'a invité à déjeuner samedi. À cette occasion, il devra présenter un plan de développement pour l'usine qui va être rachetée, et ça ne va pas se faire tout seul… Alors, après avoir expédié le nettoyage du miroir à la vitesse de la lumière et être retourné dans la cuisine ranger chiffon et produit, il se rue vers la table à manger où l'attend la chemise contenant le plan, encore à l'état d'ébauche, dont dépend son avenir. Mais à la seconde où il s'assied…

– Mon gendre, auriez-vous la gentillesse de nous préparer une tasse de thé ? couine mémé de sa voix chevrotante.

Cette fois, c'en est trop.

– Je crois que personne ne mesure l'importance de ce dossier ! explose le chef de famille, en brandissant sa précieuse chemise. Je dois rendre ce travail samedi, et si ce n'est pas impeccable, on peut dire adieu à Aubagne !

Mais ni sa femme ni sa belle-mère ne daignent lever le nez de leurs journaux. Maudissant le ciel, et tout le peuple des belles-mères avec lui, le mari vaincu repart donc vaquer à la cuisine. C'est un incompris : personne ne fait attention à lui !

Il se trompe, pourtant. Au fond du salon, quelqu'un l'a parfaitement compris. Et ce quelqu'un, baissant la couverture du magazine *Pilote* qu'il était occupé à faire semblant de lire, fixe à présent la chemise en carton bleu posée au centre de la table. Ses yeux brillent. Dans sa tête résonnent encore les paroles d'Alceste : « Il faut que M. Moucheboume se dise que ton père, pour devenir directeur, il n'est pas prêt ! ». Nicolas redresse ensuite son magazine.

– T'inquiète, papa… Moi aussi, j'ai un plan ! murmure-t-il entre ses dents.

•

Le samedi suivant, à midi pile, le père de Nicolas gare tant bien que mal sa nouvelle automobile sur le parking du Tennis Racing Club de la ville. Il attrape son attaché-case, rajuste la cravate de son costume, puis houspille sa femme :

– Dépêche-toi, chérie, Moucheboume déteste les retardataires !

– Une seconde, je te prie ! Tu crois que marcher en talons aiguilles sur des gravillons, c'est facile ! Et puis d'abord, cet horrible chapeau me gêne. J'aurais vraiment préféré ne pas venir. Vous auriez été mieux entre hommes pour discuter.

– C'est une réunion informelle, je te l'ai dit. Moucheboume a voulu organiser quelque chose de convivial pour que Grifaton se sente à l'aise !

– Oui, eh bien pas moi… marmonne la mère de Nicolas, en claudiquant jusqu'à l'entrée du club.

Passée la porte, elle plie la nuque pour pouvoir observer, sous les rebords de son grand chapeau, l'aspect des lieux.

– Oh c'est beaucoup trop chic, ici. Chéri, tu sais bien que je déteste les mondanités !

– Ne t'inquiète pas, promet son mari, main sur le cœur, on ne te demandera rien du tout. Tout ce que tu auras à faire, c'est écouter et sourire !

Rajustant pour la dixième fois sa cravate, il se dirige alors vers la réception :

– Nous sommes attendus au restaurant du club, je crois.

– À quel nom, monsieur ?

– Moucheboume !

– Ah en effet, mais la partie de tennis de ces messieurs a pris du retard. Vous les trouverez sur le court n° 7. Celui du fond.

Le périple prend plusieurs longues minutes à la mère de Nicolas. L'allée menant au court est caillouteuse et accidentée. Arrivée à l'angle du grillage, elle ôte un instant sa chaussure pour masser sa cheville endolorie. Son mari, qui a pris les devants, a déjà salué les deux joueurs et est parti dire bonjour à leurs épouses qui papotent plus loin sur un banc. Sur le court, la partie bat son plein. Les balles rebondissent sur la terre battue avec un bruit mat. Soudain, une voix méridionale annonce :

– Avantage Grifaton. Balle de match, mon vieux !

– L'heure est grave, grogne Moucheboume.

Concentrée sur sa cheville, la mère de Nicolas ne fait pas du tout attention. Mais, une poignée de secondes plus tard, comme sortie du néant, une voix l'interpelle :

– La balle, vous l'avez vue ? Elle est bonne ou elle est faute ?

Pliant la nuque en vitesse et jetant un regard désemparé vers le court, la jeune femme réalise que c'est à elle qu'on s'adresse. Et pas n'importe qui : le patron de son mari ! Elle plaque aussitôt un grand sourire sur sa figure.

– Vous ne suiviez pas le match ? interroge Moucheboume, suspicieux.

– Si, si bien sûr ! bredouille la malheureuse – avant

d'ajouter, en bégayant : b… b… bonne, elle était bonne !

Pourvu que ce soit la bonne réponse ! Et son nigaud de mari qui avait juré qu'on ne lui demanderait rien. Sur le terrain, Grifaton caracole : il a gagné, visiblement. Moucheboume lui serre la main, mâchoires serrées :

– J'aurais juré qu'elle était faute, pourtant. Mais bon, sans rancune : allez, tous au restaurant !

La mère de Nicolas laisse échapper un soupir. Puis, remettant sa chaussure, elle repart en sens inverse, en vacillant.

Au restaurant, la jeune femme est dans ses petits souliers – au propre comme au figuré ! Elle a l'impression de tout faire de travers et ne se sent pas à sa place. Heureusement, après l'apéritif, la conversation bifurque vers la question du rachat de l'entreprise. Elle va enfin pouvoir se détendre !

– Mon vieux, je crois que c'est le moment de nous montrer votre plan, fait le patron en se tournant vers son mari.

– Tout de suite, M. Moucheboume…

La mère de Nicolas voit son mari s'emparer fébrilement de sa mallette et en sortir la fameuse chemise bleue avec laquelle il les a embêtés toute la semaine. Il l'ouvre… puis la referme aussitôt et se dépêche de picorer une olive sur la table.

– Humm… elles sont excellentes, ces petites olives, non ? fait-il avec un sourire crispé.

– Enfin, qu'est-ce qui vous prend ? Montrez-nous votre plan, bon sang ! insiste monsieur Moucheboume.

Sous les yeux de Grifaton, de son patron et de ces dames, le père de Nicolas ouvre à nouveau sa chemise. La mère de Nicolas écarquille les yeux. Dedans, il n'y a pas de plan de développement. Juste un magazine pour enfants : *Pilote*. Avec le clown Zavatta en couverture.

CHAPITRE 5

Des cartons dans le salon !

– Ça n'a pas marché !

Perché sur un rocher du terrain vague, Nicolas fait une tête d'enterrement. Ses copains, entassés dans la vieille auto rouillant sur l'herbe du terrain, affichent eux aussi une mine navrée. Même Agnan est présent : il s'est incrusté. Geoffroy, bien sûr, est au volant.

– Figurez-vous que ce guignol du Sud…

– M. Grifaton ? intervient le chouchou, qui a tout suivi.

– Oui… soupire Nicolas. Eh bien, ce M. Gritafon, il collectionne les numéros de *Pilote*. Et il était fou de joie, parce que le numéro 52 que j'avais mis dans la chemise, il ne l'avait pas encore. Du coup, papa a gagné des points au lieu d'en perdre, et tout ça grâce à moi. Il m'a même dit « merci » en revenant chercher le vrai dossier, après.

Un murmure compatissant accueille ces mauvaises nouvelles.

– Et maintenant, papa est parti dans le Sud pour aller faire son premier discours de directeur à l'usine, et aussi pour nous chercher une nouvelle maison. Il n'arrête pas d'en visiter : il va en trouver une, c'est sûr…

La voix de Nicolas s'éteint : cette fois, les dés en sont jetés. Il n'y a plus moyen d'éviter la catastrophe.

– T'inquiète, on viendra te voir à Aubagne tous ensemble ! tente de le dérider Geoffroy, en faisant mine d'enclencher une vitesse.

Un instant, Nicolas caresse cette idée : toute la bande fonçant gaiement sur les routes de France, dans l'automobile du terrain vague pilotée par Geoffroy, pour venir le rejoindre. Mais c'est impossible, il le sait, et cela pour une raison très simple :

– Aubagne, c'est au moins à cent mille kilomètres ! Vous viendrez jamais…

Dans l'auto, l'ambiance, qui s'était pourtant égayée, retourne au point mort.

– On aura tout essayé ! grommelle Alceste, en mâchant tristement un bout de tartine.

La voix flûtée d'Agnan intervient à nouveau :

– Peut-être pas ? Albert Einstein disait toujours : « Un problème sans solution est un problème mal posé » !

Levant un doigt, il s'apprête à développer, mais Rufus le coupe net dans son élan :

– La ferme, le chouchou. C'est pas le moment…

Nouveau silence. Vexé, Agnan boude derrière ses lunettes quand soudain, à l'arrière, Clotaire se met à gémir :

– Oh là là ! Oh là là, là là, là là… Tu vas partir, en fait !

Toute la bande le regarde, consternée : cela fait maintenant trois semaines que Nicolas a annoncé la nouvelle. Clotaire vient juste de réaliser !

– Ça me fait penser à un truc, enchaîne le garçon. Moi, mon cousin, quand il a déménagé, il s'est mis à avoir des plaques rouges sur tout le corps. Ensuite, sa peau a commencé à se décoller et il a fini à l'hôpital.

Nicolas devient blême :

– Et alors, il est mort ?

– Non, il s'en est tiré. Mais lui c'était moins grave : il changeait juste de quartier. Tandis que toi...

Eudes lui ayant administré un coup de pied dans le mollet, Clotaire finit par se taire.

– Et si on jouait ? propose Maixent. Pour se remonter le moral, ça sera toujours mieux que les histoires de Clotaire.

Sautant hors de l'auto, il court vers le ballon et tape un grand coup dedans. La balle s'envole pour aller atterrir... dans le jardin de la veuve Zinzin, naturellement.

– Aujourd'hui, c'est au tour d'Agnan d'y aller ! précise Maixent.

Ce dernier était convaincu que le spectacle du chouchou allant affronter leur ennemie jurée parviendrait à redonner le sourire à tout le monde, y compris à Nicolas. Mais il n'avait pas prévu une chose. En glissant l'œil à travers les planches de la palissade aux côtés de ses camarades, il s'aperçoit vite du problème : le jardin de la veuve Zinzin est désert – d'ailleurs, Agnan n'a aucun mal à récupérer le ballon. En revanche, devant la maison, un camion est garé. Et pas n'importe lequel : un camion de déménagement.

– Elle aussi, elle s'en va ! murmure Nicolas, défait.

Écartant deux planches, il pénètre dans le jardin, suivi de ses copains, et s'approche, juste à temps pour voir la vieille dame, accompagnée de son petit chien, monter à l'arrière d'une voiture stationnée devant le porche.

Nicolas se met à courir mais quand il arrive, la voiture a déjà démarré.

– Elle va où ? demande-t-il à l'un des déménageurs, occupé à transporter une commode.

– Elle part vivre chez son fils. Toute seule dans cette grande maison, elle n'y arrivait plus…

Le cœur serré, le garçon regarde l'automobile s'éloigner dans l'allée. Il a l'impression que tout s'en va avec elle : le terrain vague, ses rêves de western, l'enfance insouciante qu'il a vécue jusqu'ici. De la main, il adresse un petit signe à Calamity Jane. Derrière la vitre, le petit chien aboie en silence. Puis la voiture tourne au coin de la rue, et c'est fini.

De retour sur le terrain vague, l'humeur n'est pas à la liesse. Agnan ose cependant demander :

– Du coup, comme j'ai récupéré le ballon, je pourrai avoir mon initiale sur le drapeau ?

– Y avait ni le chien ni la veuve dans le jardin, ça compte pas ! le rabroue Eudes.

Agnan comprend qu'il vaut mieux ne pas insister pour aujourd'hui. Il va devoir faire mieux pour être admis parmi

les Invincibles. Beaucoup, beaucoup mieux. Mais, se dit-il en masquant un petit sourire, il y travaille…

De retour chez lui, Nicolas va s'enfermer dans sa chambre. À présent, des cartons encombrent toute la maison. Il n'y a que dans sa chambre, dernier refuge de tranquillité, qu'aucun d'entre eux n'a encore fait son apparition – mais la menace devient chaque jour plus palpable. Hier, maman a déposé un sac près de sa porte, en lui disant qu'il serait peut-être temps de trier ses vieux jouets. Une braderie aura lieu dans le quartier d'ici dix jours, l'occasion de se séparer de ce dont il n'a plus besoin. Mais Nicolas n'a envie de se séparer de rien.

En plus, mémé est repartie ce matin. Tout fiche le camp,

décidément… À l'étage du dessous, le garçon entend le téléphone sonner. Sa mère ne tarde pas à répondre. Ça doit être encore papa qui l'appelle pour lui parler de la nouvelle maison magnifique qu'il a visitée, avec piscine, placards et chambres par milliers. Nicolas plonge la tête sous son oreiller. Il ne veut rien entendre.

Au rez-de-chaussée, sa mère vient de soulever le combiné :

– Allô, chéri ? gazouille-t-elle.

– Bonjour chère madame, M. Moucheboume à l'appareil.

Surprise, la jeune femme manque faire valdinguer le téléphone, posé sur la console.

– Ah ! Bonjour monsieur, mon mari est à Aubagne en ce moment.

– Oui, oui, je sais. Mais c'est à vous que je voulais parler.

– Ah bon ?

– C'est au sujet de la balle de match, l'autre jour au tennis. Vous vous souvenez ?

La maman de Nicolas se souvient parfaitement. Elle entortille le cordon du combiné entre ses doigts.

– Vous êtes sûre de vous, elle était bonne ?

– Euh… c'est que…

– Vous avez un doute, je le sens !

– Oui, avoue la jeune femme, en se mordant violemment la lèvre : j'ai… j'ai un doute !

– Ah ! C'est tout ce que je voulais savoir. Je vous remercie du fond du cœur. Mes hommages, chère madame.

À l'autre bout de la ligne : la tonalité. La mère de Nicolas raccroche le téléphone, en espérant ne pas avoir commis une énorme bévue.

•

C'est la fin de la récréation. Dans le couloir menant à la classe, les camarades de Nicolas courent en désordre. Lui, les suit à pas lents.

– Doucement les enfants ! rappelle la maîtresse.

Tournant la tête, elle aperçoit sa collègue, Mme Bouillaguet, faisant entrer dans sa classe des élèves sages comme des images, silencieux et bien alignés. Cette vision lui semble presque surnaturelle.

– Ils sont surexcités, aujourd'hui ! fait remarquer Mme Bouillaguet.

La maîtresse de Nicolas esquisse un pâle sourire :

– Surtout les miens ! Comme objet à construire – vous savez le projet du directeur, en lien avec l'astronomie… –, ils viennent de décider de fabriquer une planète. Ça leur donne plein d'énergie. Et les vôtres, ils ont trouvé une idée ?

– Oh, tout est déjà fabriqué depuis longtemps.

– Déjà ?! Je ne sais pas comment vous faites…

– C'est une question de discipline, l'éducation est un

sport de combat, répond sèchement sa collègue. Bon, allez, au combat !

Sur ce, elle referme sa porte. Se tordant les mains, la jeune institutrice regagne sa propre classe. De longues minutes plus tard, ayant enfin réussi à obtenir un semblant de calme, elle relance aussitôt le débat sur la construction de la planète. Il faut avancer !

– Alors, les enfants, avec quoi voudriez-vous la construire, cette belle planète ?

– Avec des fils de fer, ce serait chouette ! propose Maixent, en levant le doigt.

– Euh oui, pourquoi pas… souffle l'institutrice (en essayant de ne pas visualiser l'ignoble résultat que cela pourrait donner). Quelqu'un a une autre idée peut-être ? Oui, Alceste ?

– On pourrait la faire géante, avec plein de petits papiers dorés. Vous savez : ceux qui entourent les tablettes de chocolat de la boulangerie ?

– Mais, Alceste… souffle à nouveau l'institutrice, dépitée. Tu te rends compte du nombre de tablettes que nous devrions acheter ?! Il en faudrait au moins…

Elle essaye de faire un rapide calcul mental, mais ne tarde pas à renoncer.

– Il en faudrait vraiment beaucoup ! reprend-elle, pédagogue, à l'attention d'Alceste.

Ce dernier n'a pas l'air de trouver que c'est un problème – au contraire ! Assis à côté de lui, la jeune femme remarque alors que Nicolas garde les yeux rivés à sa table. Elle s'apprête à lui demander son avis quand la porte s'ouvre à la volée. Tous les élèves se lèvent aussitôt, au garde-à-vous.

– Assis !

Le directeur est entré.

Nicolas se rassied, comme les autres. Levant la tête, il tente de se concentrer : la visite du directeur est toujours une curiosité. Avec ses manières du temps jadis et sa petite moustache qui frétille, on ne sait jamais trop s'il est sérieux ou s'il rigole. En tout cas, cet homme le fascine tout autant qu'il lui fait peur. Après avoir grimpé sur l'estrade et survolé d'un regard son auditoire, le directeur annonce :

– Puisque chaque classe va concevoir un objet, j'ai eu l'idée, assez géniale je l'avoue, d'organiser un grand concours à la fin de l'année, annonce-t-il. Je l'ai baptisé... « Système solaire, système scolaire » !

Le directeur marque un temps d'arrêt, guettant les réactions de son public. Mais comme aucune ne vient, il précise, en lissant sa moustache :

– C'est un jeu de mots.

Toujours aucune réaction dans la salle.

– Bref, reprend-il, tous les parents seront invités à l'école et chaque classe devra alors dévoiler sa création au grand jour. Nous voterons pour désigner l'œuvre la plus réussie et la classe qui gagnera pourra partir...

Nicolas est soudain très attentif.

– ... visiter l'Observatoire astronomique de Meudon l'année prochaine ! conclut triomphalement le directeur.

Tandis que toute la classe laisse éclater sa joie, les épaules de Nicolas retombent. « L'année prochaine, je ne serai plus là », songe-t-il, en luttant pour retenir ses larmes.

Ce soir-là, après l'école, Nicolas traîne un peu au terrain vague. Ses copains sont rentrés chez eux depuis longtemps, lui n'a pas envie : pour trébucher sur un carton, non merci ! De toute façon, sa mère est trop préoccupée par les préparatifs du déménagement pour faire attention à lui – quant à son père, il est toujours à Aubagne. Saisissant un caillou, Nicolas s'applique à graver mélancoliquement l'insigne des Invincibles sur l'écorce du vieil arbre qui penche, près de leur cabane : E, C, G, R, A, M… Il hésite à ajouter l'initiale de son prénom puis le fait quand même, histoire de laisser une trace : ça fera un souvenir aux copains. Il est en train d'achever la jambe de son « N » lorsqu'une mélodie fredonnée par une voix familière alerte son oreille.

Laissant tomber son caillou, Nicolas fait volte-face. Il aperçoit une silhouette en tutu rose qui virevolte entre les herbes sèches du terrain vague. On dirait un papillon…

– Marie-Edwige ! s'exclame-t-il. Qu'est-ce que tu fais là ?

Gracieusement, sa voisine avance vers lui, en continuant d'esquisser sa drôle de chorégraphie.

– Tu vois bien : je danse ! Tu veux que je t'apprenne ?

– C'est pour les filles, la danse ! se raidit aussitôt Nicolas.

– Comme tu voudras… lâche-t-elle, en décrivant sous ses yeux une jolie arabesque.

Bras ballants, un peu gêné par la situation, Nicolas ne peut néanmoins s'empêcher de suivre ses mouvements du coin de l'œil. Il se dit qu'elle aussi, bientôt, il ne la verra plus, et ça lui fait tout bizarre dedans.

– Je viens ici pour m'entraîner parce qu'on n'a plus de gymnase à l'école des filles, précise-t-elle.

– Ah oui, c'est vrai…

Nicolas se souvient du soir où il avait annoncé la nouvelle à son papa. C'était bien avant la catastrophe, au temps heureux.

– Ils devaient en construire un nouveau mais les travaux se sont arrêtés, poursuit Marie-Edwige. Maintenant il y a des archéologues dans notre école qui font des fouilles.

Une petite ampoule rouge s'allume sous la tête du garçon :

– Des fouilles pour quoi ?

– Je ne sais pas, ils ont trouvé des vestiges vikings, paraît-il. Et comme ils creusent à la petite cuillère, on n'est pas près de l'avoir, notre nouveau gymnase ! ajoute Marie-Edwige, avant de s'immobiliser devant lui, intriguée :

– Tu es sûr que tout va bien, Nicolas ?

Mais le garçon ne lui répond pas. Immobile, il se

contente de la fixer, d'un air halluciné. Sous son crâne, en revanche, les rouages s'activent, c'est la surchauffe. Contre toute attente, le chouchou avait raison : un problème sans solution est un problème mal posé. Et grâce à Marie-Edwige, il vient de la trouver, sa solution ! Fini la déprime : il est temps d'agir !

Pour la première fois depuis longtemps, le visage du garçon s'éclaire d'un vrai sourire. Il aimerait tant dire à Marie-Edwige qu'elle est sa fée, son ange du terrain vague. Mais il n'ose pas. À la place, il se contente de bafouiller :

– Si je te laisse m'apprendre la danse… tu voudras bien me rendre un service ?

CHAPITRE 6

Le trésor d'Olaf le Borgne

Le matin suivant, une silhouette noire, quelque peu rebondie, se tient en embuscade sous le marronnier de l'école. DRRRING ! Ça y est, la récréation a sonné, ils vont sortir ! Essayant de se camoufler derrière l'arbre, le Bouillon rentre le ventre : il voudrait être invisible. Tel un chasseur à l'affût, il fixe le sifflet flambant neuf qu'il vient de déposer, bien en vue, sur un banc de la cour. C'est un piège, bien sûr. Quand il le verra, son voleur ne pourra pas résister. Il mordra à l'hameçon… et son compte sera bon !

Les voici, les chenapans ! Parmi la mêlée des élèves, le surveillant voit défiler Nicolas, Eudes, Geoffroy et

Maixent, puis Rufus et Alceste. Tous passent devant son appât sans même le remarquer et se dirigent vers le fond de la cour – sans doute pour tramer un de leurs habituels mauvais coups, songe le Bouillon, mais ce n'est pas ce qui l'intéresse pour le moment. Il attend… Enfin, au bout de quelques minutes, il le voit approcher, bon dernier comme de coutume : Clotaire, son principal suspect ! Le Bouillon retient son souffle. Clotaire s'est arrêté près du sifflet. Il s'en saisit ! Va-t-il l'empocher ? Eh non… après l'avoir examiné quelques instants, le garçon le repose, avant de décamper. Dépité, le Bouillon sort de sa cachette. Son stratagème n'a pas fonctionné, il n'a plus qu'à aller récupérer son sifflet. Mais arrivé devant le banc… stupeur : il a disparu ! Le banc est vide ! Impossible… à ce niveau-là, ce n'est plus du vol mais de la prestidigitation !

Pendant que le surveillant, devenu rouge comme une tomate, se dévisse la tête dans tous les sens à la recherche du coupable, au fond de la cour, les sept Invincibles se sont tranquillement réunis. Toute la bande, alignée sur un autre banc – non piégé, celui-là –, écoute Nicolas :

– J'ai réfléchi… À votre avis, pourquoi mon père veut devenir directeur ? Pour gagner des tas d'argent, on est d'accord. Mais si on lui en trouvait, il n'aurait plus besoin de partir. Adieu Aubagne !

– Je t'arrête tout de suite, le coupe Geoffroy. Si tu comptes sur le mien pour lui en donner, tu fais fausse route. Mon père ne donne jamais d'argent à personne. C'est même pour ça qu'il en a plein.

– Mais non ! soupire Nicolas. Je ne compte pas sur ton père. Je compte trouver un trésor : celui d'Olaf le Borgne, le viking. Tous les copains le regardent comme s'il était devenu fou.

– Je vous assure que c'est possible, soutient Nicolas. Même que je sais où il est : à l'école des filles ! Avec Marie-Edwige, on a tout planifié pour qu'on puisse rentrer sans se faire remarquer. Il nous suffira de creuser. Alors… vous en êtes ?

Dès le lendemain, à 8h25 du matin, quatre Invincibles déterminés à briser toutes les règles font le guet face au portail de l'école des filles. Il s'agit d'Alceste, Eudes,

Geoffroy et Nicolas. Ce sont les plus courageux. Non seulement d'ici quelques minutes ils vont s'introduire en territoire hostile, chez les filles, mais en plus à cause de ça, ils vont sécher l'école et seront certainement punis. Maixent et Rufus, ces gros lâches, se sont dégonflés. Quant à Clotaire, il devrait être là lui aussi – mais il est évidemment en retard.

– Qu'est-ce qu'il fabrique ? Il va tout faire capoter ! s'impatiente Nicolas.

Notre héros s'est proclamé capitaine de l'expédition et prend son rôle très au sérieux. À 8h27, une silhouette se profile enfin au bout de la ruelle : c'est Clotaire. Nicolas écarquille les yeux – ce cornichon a cru bon de se déguiser en fille ! Il porte une robe trop grande pour lui et une perruque blonde. En plus, avec ses talons hauts, il n'avance pas bien vite et fait beaucoup de bruit.

– Enlève ça tout de suite, tu vas nous faire repérer ! aboie Nicolas.

Tandis que Clotaire retire à regret son déguisement Nicolas fait signe à ses complices de rester concentrés. Il est 8h29 et 30 secondes à sa montre. Soudain, le bruit d'une violente querelle éclate derrière les grilles de l'école. La grosse dame qui surveillait jusqu'ici l'entrée des élèves se précipite à l'intérieur.

– La voie est libre ! souffle Nicolas.

Saisissant leurs pelles, les cinq mousquetaires se faufilent dans la place forte !

Arrivés dans la cour, ils se glissent à pas de Sioux derrière la cohue des filles attroupées autour de Marie-Edwige, qui vient de méchamment tirer la couette d'une de ses camarades. Nicolas rit sous cape : quelle terreur, cette Marie-Edwige ! Puis, communiquant avec ses « hommes » par signes silencieux, façon *GI*, il les entraîne à l'intérieur d'une grande tente plastifiée, installée à l'écart, près des cuisines. C'est là-dessous qu'ont lieu les fouilles archéologiques.

Ouf, première partie de la mission réussie ! Après avoir attendu que toutes les élèves de l'école se mettent en rang et montent dans leurs classes, Nicolas brandit sa pelle :

– Au travail, les gars ! On a une heure et demie avant la récré !

9h55 du matin. Les chasseurs de trésor n'ont toujours rien trouvé. Le trou des fouilles, creusé à la petite cuillère par les archéologues, s'est juste considérablement agrandi grâce à leurs pelles.

– Faut y aller, souffle Geoffroy.

– Attends ! halète Nicolas, qui ne veut pas renoncer.

Il donne un dernier coup dans la terre et entend un bruit de verre.

– J'ai trouvé quelque chose !

Hélas, le vestige qu'il vient d'exhumer n'est qu'une vieille bouteille de bière 33 cl.

– Ils buvaient de la bière, les Vikings ? demande Clotaire.

Personne ne répond à cette question cruciale, car Nicolas vient de s'apercevoir qu'Alceste a disparu.

– Tant pis, on part sans lui, décide Geoffroy.

– Pas question : je n'abandonnerai pas un de mes hommes sur le terrain ! se révolte Nicolas.

Heureusement, Alceste ne tarde pas à réapparaître sous la tente, du jambonneau dans une main, un morceau de tarte aux fraises dans l'autre.

– C'est pas juste ! La cantine des filles est bien meilleure que la nôtre, statue le gourmand, pile au moment où la sonnerie de la récréation retentit à l'extérieur.

Réprimant un soupir – être capitaine est plus compliqué qu'il ne l'imaginait, Nicolas donne le signal du repli. Les cinq aventuriers se précipitent dans la cour… mais ils n'en ont pas traversé la moitié que des filles, jaillissant de partout, les encerclent.

– Les gars, on est morts, annonce Nicolas d'une voix lugubre.

20 heures, le même jour. Non loin de l'école, dans une petite rue bordée de coquettes maisons de ville, résonne un bruit de moteur. Le père de Nicolas revient d'Aubagne dans sa belle automobile. Derrière le volant, ses yeux sont cernés, il est soucieux – il doit d'ailleurs s'y reprendre à trois fois avant de réussir son créneau…

– Je le trouve un peu pâlichon, notre futur directeur !

lui lance son voisin, qui guettait son retour derrière ses géraniums.

Le futur directeur l'ignore royalement. Il se dirige vers son coffre pour récupérer sa valise.

– Ben quoi ! Parce qu'on va devenir patron, on parle plus au petit peuple !? se renfrogne Blédurt.

Le père de Nicolas ne réagit toujours pas. Dos voûté, il se contente de grimper les marches de son perron.

– Eh bien, j'espère que mon futur voisin sera plus rigolo ! crache Blédurt, déçu, avant de refermer sa fenêtre.

À la décharge du père de Nicolas, il faut dire qu'il n'a rien entendu – à part la dernière phrase, qui lui fait un léger pincement au cœur. En vérité, il l'aime bien, cet idiot de Blédurt, et leurs petites prises de bec quotidiennes vont sûrement lui manquer. Mais aujourd'hui, il n'a pas la tête à s'amuser : il est préoccupé. Son discours devant les employés de l'usine d'Aubagne a été un véritable fiasco. Pourtant, il a donné le meilleur de lui-même. Il a tout fait pour se mettre dans la peau du personnage… Il se revoit leur parler de navire pris dans la tempête, imitant le cri des mouettes et le fracas de la mer déchaînée, puis, solide capitaine, agripper le bastingage et leur crier : « N'ayez crainte, matelots, je ferai tout pour vous protéger des colères de Poséidon ! ». C'est étrange mais ses futurs employés n'ont pas semblé emballés. Loin de l'applaudir, ils lui ont posé une avalanche de questions auxquelles il n'était pas du tout préparé. Ce rôle de directeur est plus compliqué qu'il ne l'imaginait... Mais grâce au ciel, ce soir, il va retrouver sa famille et sa maison : ça va lui faire du bien !

Poussant la porte, le père de famille déchante vite: sa maison est envahie de cartons ! On dirait une zone de guerre. Et sa femme, qui l'attend bras croisés dans le salon, a sa tête des mauvais jours :

– Qu'est-ce qui se passe, ici !?

– Ce qui se passe, c'est qu'on va déménager, tu te souviens ? Et comme il y a une braderie dimanche, j'ai fait du tri. Mais ce n'est pas ça dont je voulais te parler...

Elle le conduit *manu militari* jusqu'à la cuisine où il aperçoit son fils attablé, tête basse, devant une escalope et des carottes bouillies. Oh là là, ça sent la punition !

En voyant surgir son père dans la cuisine, Nicolas ne relève même pas le front. Pourtant, il lui a manqué, son papa, mais ce soir il est trop triste pour se réjouir de quoi que ce soit. Pas parce qu'il va se faire gronder, non, ça il n'en a rien à faire. Mais parce que son dernier espoir vient de s'envoler – ou plutôt de s'écrabouiller contre une bouteille de bière. Alors, tandis que sa mère, tel un procureur au tribunal, énumère la liste de ses méfaits, il se contente de contempler ses carottes, comme un futur condamné résigné à son sort.

Contre toute attente, son père a l'air de trouver plutôt amusant que son « coquin » de fils se soit introduit illégalement dans l'école des filles.

– Ça me rappelle la fois où j'étais en colonie de vacances avec ton tonton Eugène. Il y avait le dortoir des filles à côté et une nuit…

– Chéri ! glapit maman.

Papa retrouve aussitôt son sérieux :

– Et tu peux nous expliquer pourquoi tu as fait ça ?

– C'est à cause d'Olaf le Borgne, avoue Nicolas, la gorge serrée. Je voulais trouver son trésor, mais j'ai trouvé que de la bière…

– De la bière ! De mieux en mieux ! s'indigne maman.

Nicolas ne tente même pas de se défendre car à cet instant, une grande vague de tristesse lui soulève la poitrine. Et soudain, toutes les larmes qu'il retenait jusqu'ici jaillissent sur ses joues. Il repense à l'histoire du cousin de Clotaire et craque :

– Mais vous ne comprenez pas : maintenant ça veut dire que je vais avoir des plaques rouges partout sur les bras, que ma peau va tomber et que je vais finir à l'hôpital !

Dans la cuisine, le silence tombe brutalement. Papa n'a plus du tout envie de rigoler à présent, et maman n'est plus du tout fâchée. Ils réalisent que leur enfant ne va pas bien.

22h40. Si le père de Nicolas voulait une soirée tranquille et réconfortante, c'est donc raté. Après s'être assoupi un moment sur le lit de son fils en cherchant en vain à le consoler, il redescend au salon pour trouver sa femme, recroquevillée dans un fauteuil, le front barré d'une grande ride d'anxiété.

– Tu réalises qu'il ne nous a jamais fait une bêtise pareille ? se lamente-t-elle.

– Il ne faut pas dramatiser. Archéologue, c'est un très beau métier...

– Chéri ! Tu l'as entendu comme moi, il est perturbé. C'est le déménagement qui l'angoisse.

– C'est vrai, c'est un peu angoissant... murmure le père de Nicolas, comme pour lui-même.

Il se dirige vers le buffet pour se servir un petit verre d'alcool – il a bien besoin d'un remontant –, puis va s'asseoir sur le canapé.

– Nous n'avons pas assez fait attention à lui ces derniers temps, soupire sa femme.

– Tu as peut-être raison...

Posant son verre sur la table basse, le père de famille le fixe, songeur. Il pense à son fils. Il comprend soudain le drame que représentent pour lui ce départ et ses conséquences : l'éloignement de ses copains. Comment pourrait-il l'aider ? Il doit bien y avoir un moyen... Mais la sonnerie intempestive du téléphone le tire de ses pensées. DRRRRING !!!

Le père de Nicolas jette un œil à la pendule : 22h50 !

– Faut vraiment être un crétin fini pour oser déranger les gens à une heure pareille !

En soupirant, il va pour décrocher :

– Allô ?!... Ah ! Euh, bonsoir, monsieur Moucheboume... Non, non, bien sûr, vous ne nous dérangez pas du tout. Vous voulez sans doute savoir comment s'est passé mon discours à Auba... hein, quoi, un doute de ma femme ?

Étonné, mais aussi un peu soulagé, le père de Nicolas se tourne vers son épouse. Celle-ci, comme prise en faute, vient de se redresser sur son fauteuil. Jouant l'innocente, elle adresse un petit sourire à son mari puis, dès qu'il a à nouveau le dos tourné, s'empare de son verre d'alcool sur la table et l'avale d'un trait. Il finit par raccrocher.

– Alors, qu'est-ce qu'il t'a dit ? demande-t-elle, faussement enjouée.

– Je ne sais pas, j'ai rien compris. Il m'a parlé d'une balle de match, d'une partie à rejouer. En tout cas, il veut que tu lui consignes ton « doute » par écrit. C'est quoi, cette histoire ?

La coupable émet un petit gloussement, puis d'une phrase élude la discussion :

– Oh rien de spécial, rassure-toi ! Une petite bricole sans importance.

Le père de Nicolas se rassied. Tant mieux. Parce qu'il a des choses plus importantes à gérer, lui. À commencer par son fils...

MES CHASSES AUX TRÉSORS
Ambroise
DE BROGLIE
CARNETS

CHAPITRE 7

Ils sont fous, ces Vikings !

Le dimanche suivant, à la braderie du quartier, Nicolas a toujours le vague à l'âme. Il fait beau, pourtant. Mais les arbres désormais verts et touffus, les oiseaux qui pépient, les robes légères que portent les passantes, et l'animation primesautière régnant entre les stands, tout lui rappelle qu'on est à présent à la fin du mois de mai. Le temps passe. Et chaque jour le rapproche de la date terrible du déménagement.

Tout à l'heure, il a dû brader ses vieux jouets. Pour lui remonter le moral, papa l'a emmené faire le tour des brocanteurs :

– Alors, qu'est-ce que tu vas t'offrir avec tes trois francs ?

Nicolas regarde le billet qu'il vient de gagner : c'est là tout le prix de son passé.

– J'ai envie de rien ! grogne-t-il.

Papa insiste cependant et l'entraîne vers une table derrière laquelle trône un gros monsieur barbu.

– Regarde, cette maquette de caravelle ! dit-il, en lui montrant un avion en carton.

Mais Nicolas ne fait pas attention. Juste un peu plus loin sur le stand, il vient de repérer quelque chose de beaucoup plus intéressant : un vieux livre à la couverture verte un peu passée arborant une photo d'aventurier et surtout un titre qui l'attire tout de suite comme un aimant. *Mes chasses aux trésors*…

– Je veux ça !

De retour chez lui, Nicolas file dans sa chambre et se plonge dans la lecture du livre, signé Ambroise de Broglie. Il est passionnant. Nicolas espère y trouver des astuces d'aventurier. Il n'a pas encore tout à fait renoncé au trésor d'Olaf le Borgne...

– À table ! fait soudain la voix de maman, tirant le petit garçon de sa rêverie.

Nicolas sursaute. Déjà le dîner ! Il n'a pas vu le temps passer. À regret, il referme son livre et, admiratif, le garde un instant entre ses mains, avant de le poser sur sa table de chevet. C'est alors qu'il remarque, dépassant d'une entaille dans la reliure, un petit morceau de papier. Intrigué, Nicolas tire dessus, en écartant d'abord un peu l'entaille, puis en la déchirant tout à fait, et en retire un vieux document jauni, plié en quatre. Son cœur se met à battre plus vite : on dirait un parchemin. Il le déplie avec précaution et découvre, stupéfait, un message écrit avec plein de boucles comme dans l'ancien temps, dans une langue qu'il ne reconnaît pas :

Si vestrum aperueritis,
delphini oculus vos ducet.

En dessous, un nom est inscrit, à côté d'un symbole représentant trois triangles entrelacés, et là le cœur de Nicolas s'arrête net : « Olaf ». C'est écrit « Olaf » ! Il tient entre ses mains un message du chef viking !

– À table, Nicolas ! répète sa mère.

– J'arrive ! crie le garçon en bondissant de son lit, le visage illuminé.

Le lendemain, heureusement, c'est lundi et il y a école. Sitôt la récréation annoncée, Nicolas, flanqué de ses copains et surtout d'Agnan, va s'enfermer dans la bibliothèque de l'établissement. Le Bouillon, qui les a vus s'engouffrer en ce haut lieu du savoir, ne peut s'empêcher d'être surpris. Entrebâillant la porte, il les espionne discrètement lorsque en remontant le couloir, le directeur l'aperçoit :

– Vous êtes encore sur la piste de votre voleur, Monsieur Dubon ?!

– C'est incroyable ! chuchote le surveillant. Venez voir…

Le directeur glisse un œil par l'embrasure :

– Eh bien quoi, je ne vois qu'un petit groupe d'élèves studieux et motivés, en train de travailler.

Mais le Bouillon secoue la tête :

– Ils ne vont jamais à la bibliothèque ! À part Agnan, c'est bien la première fois que je les vois ici. C'est louche. Je dirais même : très louche !

– Alors ouvrez l'œil, et le bon, Dubon… sans loucher évidemment ! glousse le directeur, avant de s'éloigner prestement.

Pendant ce temps, dans la salle, Nicolas s'impatiente :

– Alors, t'as bientôt fini ?

Agnan relève la tête du dictionnaire latin-français ouvert devant lui ; à côté se trouve, étalé sur la table, le message d'Olaf le Borgne.

– Je traduis rarement du latin viking. En plus, leur grammaire est très approximative…

– Mais qu'est-ce que ça dit ? le presse Nicolas.

Faisant défiler son index au-dessous des mots, le chouchou déchiffre :

– « Si vous ouvrez l'œil… ». Non, attends : « Si vous ouvrez le vôtre, l'œil du dauphin vous guidera. » Voilà, c'est ça !

– Le dauphin ?!

Nicolas est interloqué. Et tous ses copains avec lui.

– Ils sont fous, ces Vikings. Ça veut rien dire ! rigole Clotaire.

– Et pourtant, je suis catégorique, sourcille le chouchou, en rendant son parchemin à Nicolas. *Delphinum, delphinae, delphini*, c'est « dauphin ». Bon… du coup, je pourrais l'avoir, mon initiale sur le drapeau des Invincibles ?

Nicolas n'a pas le temps de lui répondre car au même instant, la porte de la bibliothèque s'ouvre à la volée. La silhouette massive du Bouillon apparaît dans l'ouverture, à la manière d'un shérif faisant irruption dans un saloon :

– Alors mes gaillards, ça complote ?

Nicolas fait aussitôt disparaître la lettre d'Olaf le Borgne dans sa poche. Quant à Agnan, il panique :

– C'est pas de ma faute, monsieur Dubon. Je faisais mes devoirs, et ils sont arrivés pour m'embêter.

– Cafard ! T'es pas prêt de l'avoir ton initiale sur notre insigne, grince Rufus à côté de lui.

– Contrôle des cartables ! tonne le surveillant.

En soupirant, les sept suspects s'alignent en rang d'oignons, ramassent leurs cartables et l'ouvrent pour l'inspection. Agnan va pour les suivre :

– Pas toi, mon petit… l'arrête affectueusement le Bouillon.

Tandis qu'Agnan se place en retrait sous le regard noir de ses camarades, le surveillant passe de cartable en cartable. Mais hormis un chapelet de saucisses dans celui d'Alceste, il ne trouve rien d'intéressant, y compris dans le cartable de Clotaire, qu'il soumet pourtant à une fouille minutieuse. À vrai dire, il n'y a rien dans le cartable de Clotaire, même pas de cahiers.

– Vous cherchez quelque chose, m'sieur ? finit par s'enquérir Alceste.

– Oui ! Je cherche ce qu'on m'a volé.

– On vous a volé quoi ? interroge Clotaire, avec toute la candeur dont il est capable.

Le Bouillon lui lance un regard exaspéré et porte la main à sa poche :

– Une dizaine de… de…

Il s'étouffe :

– Mon sifflet ! Il a disparu !

– Et sinon, monsieur, vous savez s'il y a des dauphins

dans la région ? lui demande alors Nicolas, à brûle-pourpoint.

Inutile de préciser que le Bouillon n'étant pas d'humeur, sa question n'obtiendra ce jour-là aucune réponse satisfaisante.

Dès le lendemain, les sept aventuriers se mettent donc en quête du Graal : un dauphin. Ils explorent successivement une animalerie, le rayon peluche d'un magasin de jouets, une poissonnerie et même le salon de coiffure d'un certain Jean-Pierre Dauphin. Mais nulle part ils ne trouvent le cétacé tant recherché, celui dont l'œil les guidera vers le trésor d'Olaf le Borgne. Et les jours s'égrènent, une semaine passe, puis une autre, en vaines recherches. Durant cette période, Alceste dévore environ 35 pains au chocolat, autant de croissants et 70 tartines de confiture, Nicolas avale plusieurs volumes scientifiques sur les dauphins, son père lit péniblement les quinze premières pages d'un fastidieux ouvrage intitulé *Management : les premiers pas*, et le Bouillon se fait voler dix nouveaux sifflets. Pendant ce temps, la mère de Nicolas réussit à elle seule à vider et retapisser l'intégralité du salon, en vue de la vente de la maison. Et la maîtresse parvient à faire avancer la construction de la planète pour le concours de fin d'année. Ses élèves ont à présent terminé l'armature métallique du globe et travaillent à la recouvrir de jolies bandes de papier peintes et encollées. Elle est enfin presque achevée ! Heureusement, car le concours approche : on est désormais presque à la mi-juin.

Ce matin, en classe, il y a histoire au programme. La maîtresse a accroché au tableau plusieurs illustrations de combattants moustachus et d'Indiens perchés sur de drôles de pyramides et a écrit en gros à la craie par-dessus : « Les éclipses célèbres ». Les fenêtres de la classe sont ouvertes, le soleil brille et sa présence avérée dans le ciel, en cet instant, ne semble pas inciter les élèves à la plus grande concentration.

– Il n'y a pas que les Incas et les Vikings qui étaient fascinés par les éclipses, explique la vaillante institutrice, en tentant de couvrir de sa voix le brouhaha ambiant. Les rois de France aussi s'y sont intéressés, à commencer par Louis XIV.

Nicolas la voit punaiser sur le tableau, aux côtés des moustachus et des Indiens, le portrait d'un gros bonhomme en perruque, assis sur un trône doré. Il a un petit quelque chose de M. Moucheboume, se dit-il. Puis il ramène les yeux vers son cahier où il vient de griffonner le dessin d'un dauphin. Il en commence un second…

– Vous connaissez le surnom de Louis XIV, les enfants ? continue pendant ce temps l'institutrice. Oui, Clotaire ? … Euh, non, ce n'était pas Loulou… Agnan ? Oui, le Roi-Soleil. C'est la bonne réponse.

Tandis qu'un « sale chouchou », chuchoté au dernier rang, traverse furtivement la classe, la maîtresse poursuit, imperturbable :

– Eh bien saviez-vous que le Roi-Soleil lui-même assista à une éclipse, le 23 novembre 1699, à Fontainebleau, en compagnie de toute la Cour ? Il y avait là son épouse, la reine Marie-Thérèse, le Grand Dauphin, l'Académie des…

– Mademoiseeeelle !

Étonnée, la maîtresse dévisage Nicolas qui vient de bondir de sa chaise, tel un diable sorti d'une boîte à ressorts.

– Il avait un dauphin, Louis XIV ?! reprend le petit garçon, hors d'haleine

– Euh oui, enfin… pas un vrai, explique doucement

l'institutrice. « Dauphin » était le titre qu'on donnait alors à l'héritier du trône, le fils aîné du roi.

À sa grande surprise, cette déclaration provoque un hurlement de joie à plusieurs endroits de la classe. Même Agnan, d'ordinaire si sage, est en train de curieusement se taper la tête contre son bureau, en répétant, à la limite de l'hystérie :

– Mais pourquoi je n'y ai pas pensé avant, pourquoiiii ?

Quant à Nicolas, il a couru sur l'estrade pour se précipiter vers la maîtresse :

– Merci mademoiselle, merci ! dit-il en lui serrant convulsivement les mains.

Après un moment de stupeur, la jeune femme esquisse un sourire. Son cœur se gonfle de fierté : « il ne faut jamais démissionner ! » songe-t-elle. La flamme du savoir veille en chaque enfant et il suffit parfois d'un rien pour la ranimer. Et tandis que, confirmée dans son ardente vocation, les larmes lui montent presque aux yeux, elle entend Nicolas balbutier :

– Dites, mademoiselle, vous savez si je peux le trouver quelque part en ville, ce fils de roi ?

Évidemment, la maîtresse se fait une joie et un devoir de lui donner la réponse la plus satisfaisante possible !

CHAPITRE 8

L'œil du dauphin

Jamais la fin d'une leçon n'a paru plus longue à Nicolas. Assis à côté d'Alceste, il a déjà fait passer le mot aux copains : rendez-vous devant la grille de l'école, après la classe. Les minutes défilent, presque aussi longues que des millénaires. Enfin, la sonnerie libératrice retentit. Alors, c'est la ruée ! Suivi de ses six indéfectibles complices, et même d'Agnan qui ne s'est toujours pas remis de ses émotions, Nicolas part ventre à terre en direction de l'endroit où, selon la maîtresse, l'attend le fils du roi. Tels des chiens limiers sur la piste d'un grand cerf, les huit petits chasseurs de trésor ne s'encombrent guère ce jour-là des recommandations de prudence de leurs mamans, qui leur ont toujours répété qu'il fallait bien regarder avant de traverser. Après avoir franchi plusieurs rues, au feu vert, hors des clous, et failli provoquer plus d'un carambolage, ils débouchent sur un rond-point. Au centre, entouré de coquettes plates-bandes de fleurs, se dresse une stèle de pierre supportant le buste de Louis XIV et, surtout, celui de son fils, le dauphin. Les voilà arrivés !

– Maintenant, rappelez-vous la formule du message secret, profère Nicolas. « Si vous ouvrez le vôtre, l'œil du dauphin vous guidera. » Alors, ouvrez l'œil, les gars !

Tous se précipitent sur la chaussée, forçant plusieurs automobilistes à piler net pour ne pas les écraser. Dans un concert de klaxons furieux, ils s'attroupent autour de la statue en piétinant allègrement les fleurs.

Tandis que ses camarades se mettent à scruter la sculpture sous tous ses angles et poussent même le zèle jusqu'à l'escalader, Nicolas réfléchit. Le petit dégourdi a vite compris que c'est en suivant le regard du « dauphin » qu'il découvrira ce qu'il cherche. Or, que regarde la statue du fils du roi ? Un vieux mur couvert de lierre, situé à la périphérie du carrefour. Retraversant aussitôt la chaussée, en déclenchant un nouvel aria de coups de klaxons, Nicolas a vite fait de le rejoindre.

Il inspecte le mur, soulève le feuillage, glisse ses mains entre les pierres, en explore toutes les fissures. Son cœur bat à toute allure… Il est si près du but. Tout à coup, un coup de sifflet retentit. Nicolas se raidit et aperçoit une silhouette à képi et cape noire caractéristique des forces de l'ordre qui approche à grands pas. Vite, il n'y a pas un instant à perdre…

L'agent de police, lui, n'a pas vu Nicolas. Il s'est dirigé tout droit vers les sept petits gredins qui, non seulement détruisent les parterres de fleurs de la municipalité, mais s'amusent aussi à chevaucher sans scrupule une œuvre du patrimoine national – et pas n'importe laquelle, la statue du Roi-Soleil, que diable !

– Descendez de là immédiatement, bande de vauriens ! glapit l'agent, en faisant de grands signes avec ses bras.

Il s'apprête à donner un nouveau coup de sifflet en témoignage de son autorité, quand l'un des enfants, celui qui est juché sur la tête du roi, se tourne vers lui :

– Papa ?!

– … Rufus ?! s'étrangle le digne représentant de la loi.

CHAPITRE 8

Les garnements, dont Rufus, ont vite fait de quitter la statue pour s'attrouper autour de lui. Six d'entre eux le dévisagent d'un air curieux.

– Vous allez nous arrêter, m'sieur ? demande l'un d'eux.

– Mais non, enfin, je n'arrête personne, moi... bredouille le père de Rufus.

Eudes, puisque c'est lui qui posait la question, se tourne alors vers Rufus :

– Tu vois, je te l'avais bien dit : ton père, c'est pas un vrai policier, il arrête personne !

– Répète un peu pour voir !

Le fils humilié a déjà brandi son poing.

– Rufus ! Tu ne vas pas te battre quand même ! gémit le pauvre agent, en tentant en vain de s'interposer.

Plusieurs coups de poing sont échangés. Heureusement, un cri providentiel ramène bientôt l'ordre sur le rond-point.

– Hé les gars ! J'ai trouvé quelque chose !

C'est Nicolas qui, de l'autre côté de la rue, brandit victorieusement un vieux rouleau de papier. Sous les yeux impuissants du gardien de la loi et de ceux indignés de plusieurs automobilistes, les sept garçons retraversent la chaussée à la vitesse d'un éclair et disparaissent à l'angle de la rue, en toute impunité.

Une poignée de minutes plus tard, Nicolas déroule sa trouvaille devant ses camarades essoufflés, sur le capot de la vieille auto du terrain vague.

– C'est une carte au trésor ! annonce-t-il, triomphant.

Toute la bande s'agglutine illico autour du parchemin, où l'on peut voir un paysage tracé à la mine de fusain.

– Là, ça doit être notre ville ! s'enflamme Nicolas en désignant un petit groupe de maisons, grossièrement esquissées.

Son doigt se dirige ensuite vers le bord inférieur de la carte où une forêt est dessinée.

– Et là, c'est quoi ?

– Le parc Beaulieu ! s'exclame Alceste. Je le reconnais, avec son lac et sa petite île en forme de haricot.

– Ah ouais, y a même le belvédère dessiné sur l'île ! remarque Eudes.

– Ils connaissaient le parc Beaulieu, les Vikings ? doute Clotaire.

Mais personne ne relève la réflexion du dernier de la classe, car Nicolas vient de pointer l'île et le belvédère à côté desquels trois triangles entrelacés sont visibles.

– C'est là qu'est enterré le trésor d'Olaf le Borgne ! assène-t-il, sûr de lui.

Repliant la carte, il fixe ses compères d'un œil étincelant :

– Faut y aller ! On va organiser une expédition !

– C'est peut-être dangereux, grince aussitôt Rufus. Il doit y avoir des pièges autour du trésor...

– Et peut-être même des créatures diaboliques ! renchérit Geoffroy, visiblement enchanté.

Les Invincibles échangent un regard entendu. Il en faudrait bien davantage pour les effrayer ! Seul Agnan ne semble pas alléché par ces joyeuses perspectives :

– Désolé, je ne pourrai pas venir, j'ai des lunettes... bredouille-t-il, en reculant.

Sans adresser un regard au froussard, la bande fait bloc autour de Nicolas :

– Faut qu'on s'équipe d'ici le week-end ! décide ce dernier.

Les préparatifs sont menés tambour battant. Le soir même, Nicolas demande à son père, à peine rentré du bureau, s'il voudrait bien les accompagner en voiture, le dimanche suivant, pour une petite excursion au parc Beaulieu.

– Bonne idée, fiston ! répond papa, le visage à moitié dissimulé par un énorme bouquet de fleurs.

– C'est pour moi ? fait maman, agréablement surprise, en les rejoignant.

– Oui, de la part de Moucheboume pour te remercier de ton petit mot, grogne papa. Il m'a dit de te dire que Grifaton avait accepté de rejouer le match. Avec un vrai arbitre, cette fois. C'est quoi, cette histoire ?

Nicolas n'écoute pas la suite. En entendant le nom

de Grifaton, il s'est rembruni. Remontant en vitesse les escaliers, il file vers sa chambre. Mais désormais il ne remarque plus les cartons, qui pourtant se sont multipliés jusqu'au pied de son lit. Si tout se passe bien, dans deux jours, grâce au trésor qu'il va découvrir, son père sera encore plus riche que celui de Geoffroy ! Et alors, adieu cartons, adieu Grifaton, adieu Aubagne ! Soulagé par cette pensée, Nicolas ouvre le tiroir de sa table de chevet, s'empare de sa lampe de poche et la glisse dans son cartable.

Le lendemain matin, sitôt arrivé à l'école, il la montre à ses copains.

– Et vous, vous emmenez quoi ?

Geoffroy extirpe de son sac une paire de jumelles, Maixent une loupe, Eudes une boussole. Alceste, lui, s'est équipé d'une fourchette.

– Ça peut toujours servir ! assure-t-il.

– Moi, j'ai pris un sifflet. En cas de danger, je donnerai l'alerte, déclare Clotaire.

– Et moi, un lance-pierre pour assommer les monstres, ajoute Rufus.

Il n'a pas plus tôt fini sa phrase qu'un sifflement strident leur déchire à tous les oreilles.

– T'avais dit que tu sifflerais qu'en cas de danger, râle Nicolas en fixant Clotaire.

– Bah justement ! V'là le Bouillon !

Tandis que Rufus s'empresse d'escamoter son lance-pierre dans son cartable, et que lampe, boussole, loupe et fourchette se volatilisent de la même façon, Clotaire reste stoïque, le sifflet à la main. Il se doute bien que le Bouillon l'a entendu.

De fait, le surveillant, fendant le cercle, fond sur lui comme le faucon sur sa proie :

– Cette fois, je te tiens, mon gaillard !

– Mais j'ai rien fait m'sieur ! J'ai juste donné l'alerte ! proteste Clotaire.

– Oui, avec MON sifflet ! accuse le Bouillon.

– Non, il est à moi, m'sieur ! piaille Clotaire, en emprisonnant l'objet dans son poing. Même que je l'ai acheté avec l'argent que mon père m'a donné la fois où j'ai été avant-dernier en conjugaison.

Le Bouillon ne veut rien entendre. Bondissant vers l'avant, il tente à plusieurs reprises de s'emparer par la force du sifflet, mais Clotaire, plus rapide, se dérobe à chaque fois en hurlant, avec un sens certain du drame :

– À moi ! À moi ! Mon sifflet !

Le vacarme attire fatalement l'attention du directeur :

– Qu'est-ce que c'est que cette comédie ? lance-t-il en interrompant la dispute.

Reprenant contenance face à son supérieur, le surveillant explique :

– Il se passe, monsieur le Directeur, que je viens de prendre mon voleur en flagrant délit de recel.

Après avoir lissé sa moustache, le directeur se tourne vers l'accusé :

– Montrez-moi ce que vous avez dans la main, jeune homme.

Clotaire desserre les doigts, découvrant au creux de sa paume un joli petit sifflet en plastique bleu. Le directeur laisse échapper un soupir :

– Vous faites erreur, monsieur Dubon. Nos sifflets, je vous le rappelle, ne sont pas en plastique et sont munis d'une petite boucle qui, reliée à une chaînette, permet… de ne pas les é-ga-rer, ajoute-t-il en prenant soin de détacher chaque syllabe. Clotaire n'a rien fait. Il ne fait jamais rien d'ailleurs, et c'est ce qu'il fait de mieux. Allez, mon garçon, retourne jouer avec tes amis.

Terrassé, le Bouillon baisse les épaules. Le faucon s'est transformé en chien battu. Se penchant vers lui, le directeur lui porte alors le coup final :

– Quant à vous, Dubon, cessez à l'avenir d'accuser ces pauvres enfants. Sinon, croyez-moi, vos oreilles vont… siffler !

Grâce à l'intervention miraculeuse du directeur, les garçons l'ont échappé belle : ils ont pu conserver leur précieux équipement. Enhardis par l'incident, une fois installés en classe, ils prêtent bien plus attention au lance-pierre de Rufus qu'à la leçon de géométrie de la maîtresse :

– Tous les points qui composent un cercle sont situés à égale distance de son centre, explique celle-ci, tandis que le lance-pierre, passant de main en main, fait l'admiration de tous ses élèves, hormis Agnan, seul à être attentif.

L'objet finit par atterrir entre les mains d'Eudes, qui ne résiste pas longtemps à l'envie de l'essayer. Armant l'élastique avec sa gomme, il vise Agnan mais manque sa cible et atteint Alceste, qui grignotait discrètement un croissant. Sous l'impact, la viennoiserie tombe par terre.

– Non, mais t'es pas bien dans ta tête ! C'est sacré, un croissant ! hurle Alceste, oubliant soudain toute discrétion.

– Je visais Agnan, lui répond Eudes, en essayant de chuchoter.

– J'ai des lunettes, je te rappelle ! explose le chouchou, qui a parfaitement entendu.

La maîtresse tente d'intervenir :

– Bon les enfants, je peux savoir ce qui se passe ?

– C'est Eudes, mademoiselle, il a lancé sa gomme sur

Alceste, couine aussitôt le chouchou.

– Cafard !

– Eudes, avec moi chez le directeur, tout de suite ! soupire l'institutrice. Et ceci est confisqué, ajoute-t-elle en s'emparant du croissant qu'Alceste, après l'avoir ramassé, s'apprêtait à croquer à belles dents.

Heureusement, avant de sortir de classe, Eudes a pris soin de passer le lance-pierre à Maixent. Heureusement… ou pas. Car dès la porte refermée, Maixent arme à nouveau l'élastique.

– Tu vas payer, traître ! gronde-t-il en visant Agnan.

La gomme de Maixent voltige à travers la classe et

atteint pour la seconde fois Alceste, ou plus précisément le second croissant qu'il gardait en réserve dans son cartable.

Touchée en plein cœur, la viennoiserie s'écrase au sol. Son propriétaire pousse un hurlement vengeur.

– Aïe, aïe, aïe… murmure Nicolas, prévoyant la suite.

La suite, c'est une volée de projectiles, ou plutôt de gommes, digne des combats de chevaliers du Moyen Âge. Une scène féroce et sanguinaire, dont n'auraient pas eu à rougir les farouches Vikings du temps jadis et qui aurait pu même faire tourner de l'œil le guide d'un certain musée. Hélas ! La bataille finit par faire une victime : la magnifique planète en papier qui, fin prête pour le concours de fin d'année, trônait au fond de la salle. Encore parfaitement ronde au début de la leçon de géométrie, elle est maintenant ravagée par le jet des gommes comme par une pluie de météorites. La moitié de la sphère n'est plus qu'un lambeau, perforé d'impacts, dont les points ne sont plus du tout à égale distance de leur centre !

En retournant dans sa classe, la maîtresse ne s'aperçoit pas du désastre, les enfants ayant pris soin de retourner la face détruite de la planète vers le mur. Mais Nicolas comprend que cette catastrophe ne sera pas sans conséquence…

« Pourvu que ça ne nous porte pas malheur pour

dimanche » songe-t-il, avec un drôle de pressentiment…

Le dimanche qui suit, comme convenu, l'expédition est donc lancée. Après avoir traversé le lac du parc Beaulieu en barque – avec le père de Nicolas à la rame – les sept explorateurs accostent sur l'île au trésor. Un grand soleil luit dans le ciel, une brise légère rafraîchit l'air, les conditions sont idéales.

– Je crois que j'ai mérité une petite sieste, je vais vous attendre ici ! déclare le rameur, en amarrant l'embarcation sur la rive.

Puis, jetant un œil aux manches des pelles dépassant

du sac de Maixent :

– Vous avez vraiment besoin de tout ça pour construire une cabane ?

Après avoir esquissé un sourire de conspirateur, Nicolas lui rétorque :

– Pour faire du bon travail, il faut du bon matériel, non ?

Laissant là le papa de Nicolas, les aventuriers s'engagent sur le sentier. S'il n'y en a qu'un seul qui monte vers le belvédère, Eudes, tout en marchant, ne lâche pourtant pas du regard sa boussole. Quant à Rufus, lance-pierre à la main, il traque le moindre mouvement dans les buissons environnants, paré à toutes les éventualités. Malgré tous les affreux périls qui les menacent, Alceste, lui, mange tranquillement un sandwich.

Deux minutes plus tard, Geoffroy, les jumelles rivées aux orbites, lance un cri :

– Je vois le belvédère !

Effectivement, ils sont juste devant, le sentier du petit parc public ne faisant que deux cent mètres.

– Maintenant, il faut trouver les trois triangles, annonce Nicolas, en plissant les yeux, prêt à inspecter le moindre grain de poussière.

– Comme ceux-là ? demande Clotaire, en désignant un énorme rocher, dominant le terre-plein, où le symbole apparaît à la craie.

– Exactement ! s'extasie Nicolas.

L'aventure est bien engagée ! Les chasseurs de trésor se mettent aussitôt à creuser, sauf Rufus resté en sentinelle à l'arrière, au cas où un monstre viendrait les attaquer. Alceste, quant à lui, vient d'entamer son second sandwich. Après bien des efforts, la pelle de Nicolas rencontre un obstacle métallique. Tous les visages se figent et pendant que Rufus accourt, suivi d'Alceste, Nicolas, couché sur le trou, se dépêche de dégager la terre à mains nues. Bientôt, le couvercle d'un antique coffre de bois, cerclé de fer, apparaît au grand jour.

– C'est lui ! C'est le trésor d'Olaf le Borgne ! murmure le petit garçon, ébloui.

Alceste est si ému qu'il en lâche son goûter :

– On est sauvés ! Tu ne vas pas déménager !

Tous s'activent pour dégager le coffre et le sortir de sous la terre. Il est maintenant posé bien à plat par terre. Les sept Invincibles le contemplent avec vénération. Même dans leurs rêves les plus fous, ils n'auraient jamais imaginé dénicher pareille merveille.

– Bon je l'ouvre, articule Nicolas d'une voix assourdie par l'émotion.

Les deux verrous sautent facilement. Le couvercle est vite soulevé, sans même un grincement. Nicolas blêmit en plongeant son regard à l'intérieur du coffre. Ses six copains en font de même. Un seul, le plus gourmand, a le cœur de s'exclamer :

– Oh ! Des bonbons !!!

CHAPITRE 9

Un pour tous, tous pour l'éclipse !

Debout, immobile, dans le petit jardin situé à l'arrière de sa maison, le père de Nicolas a les yeux tournés vers le ciel étoilé. Mais ce n'est ni la Grande Ourse qu'il voit briller tout là-haut, ni la pleine lune à son apogée, mais les larmes qui ont ruisselé aujourd'hui sur les joues de son fils. Quel affreux dimanche ! Pour la millième fois, le père de famille se repasse le film des heures qu'il vient de vivre. D'abord, l'insouciance et la gaieté, l'impatience de cette joyeuse traversée du lac. Puis, la satisfaction de voir ses plans se réaliser quand, dissimulé derrière les buissons du parc, il espionnait Nicolas et sa bande sur le point de découvrir leur trésor – ce faux trésor viking qu'il avait caché à leur intention ! En partageant leur fébrilité, leur émerveillement à la vue du coffre, il avait ressenti la troublante impression d'être redevenu, comme eux, un enfant naïf, innocent, prêt à se jeter dans n'importe quelle aventure. Puis il y eut cet instant suspendu, quand il vit Nicolas soulever le couvercle du coffre. Le cri d'Alceste – « oh des bonbons ! » – et, sur le visage de son fils, cette expression qu'il n'oubliera jamais, celle de la désillusion. Ensuite, il y eut les larmes, la colère et la fugue. Où était Nicolas ? Il lui fallut retourner l'île de fond en comble, aidé par Eudes, Alceste et les autres, pour le retrouver, accroupi derrière un arbre, prostré et si triste… Son enfant, son trésor à lui.

Le père de Nicolas soupire bruyamment, mais la boule qui compresse sa poitrine ne veut pas s'en aller.

– Elle était sensationnelle, ta chasse au trésor, mon chéri. J'aurais adoré que mon père organise la même chose pour moi quand j'étais petite.

Baissant la tête, le père de famille découvre sa femme qui lui parle. Elle lui tend une tasse de tisane, qu'il saisit sans y tremper les lèvres. Il se revoit écrivant le message secret en latin, dessinant la carte au trésor, vieillissant l'aspect du papier grâce à une recette qu'il connaît depuis toujours, enterrant le coffre, semant partout les indices… Tout cela pourquoi ? Il gémit :

– T'aurais vu sa petite tête quand je lui ai avoué que c'était moi qui, à la braderie, avais placé le livre exprès sur l'étal du brocanteur pour qu'il tombe dessus. Et moi qui voulais lui changer les idées !

– Il est drôle, notre Nicolas ! répond sa femme, en lui pressant le bras d'un geste apaisant. Cette histoire de trésor, trouver « des tas et des tas d'argent pour que tu n'aies pas besoin de cette promotion et qu'on ne parte pas à Aubagne »… C'est bien ça, hein, qu'il t'a dit ?

Le père de Nicolas esquisse un pâle sourire, puis levant à nouveau la tête vers les étoiles :

– C'est pas bête, au fond… Avec le trésor d'Olaf le Borgne, qui sait ce que j'aurais fait ?

– Tu ne veux plus qu'on parte ?! sursaute son épouse.

Le père de Nicolas regarde sa femme, hésite… Mais elle reprend, trop vite :

– Parce que je te signale qu'on a une visite pour la vente de la maison, jeudi.

Alors il renonce :

– Bien sûr que si, je veux partir. Une promotion pareille ! Il faudrait être fou pour la refuser, non ?

– Si, si, bien sûr. Complètement fou… murmure la mère de Nicolas, en se mordant la lèvre.

Elle tourne la tête vers la fenêtre de la chambre de Nicolas, plongée dans l'obscurité, en espérant que son fils se soit enfin endormi.

– Ne t'inquiète pas. Demain, Nicolas retrouvera ses copains, son école. Samedi prochain, il y a le concours de fin d'année, et jeudi, l'éclipse. Il l'attend depuis trois mois, ça va lui faire du bien.

– Oui, espérons… marmonne le père de Nicolas, sans trop y croire.

Il a raison. Le lendemain, en classe, ça ne va pas beaucoup mieux, ni pour Nicolas, ni pour ses camarades. Au cours du week-end, la maîtresse a découvert le triste état de leur planète. Et elle n'est pas contente.

– Vous pensiez que je ne m'en apercevrais pas ?! crie-t-elle, en arpentant l'estrade. Je comptais me priver d'un de mes jours de congé pour vous accompagner jeudi admirer l'éclipse. Eh bien il n'en est plus question, vous irez seuls, avec vos parents !

Les enfants, dos voûté et tête basse, laissent passer

l'orage. Seul un doigt – le même que d'habitude – ose s'élever dans la classe :

– Agnan ?

– On pourrait peut-être la réparer ?

– Non ! On ne la réparera pas ! Vous la présenterez au concours de fin d'année telle quelle, toute moche, toute cassée, et la classe finira dernière. Ça sera votre punition !

Le chouchou blêmit. Dernier, c'est sa hantise ! Il se retourne vers ses camarades, mais aucun ne semble prendre la mesure du drame. Pendant ce temps, l'institutrice poursuit, d'une voix de plus en plus hachée :

– Comme ça, cette fichue peste de Mme Bouillaguet pourra me regarder de haut… d'encore plus haut que d'habitude… de carrément tout en haut !

Ses élèves la dévisagent, abasourdis. Ils ne l'ont jamais entendue parler comme ça !

– Et moi qui pensais qu'il fallait vous faire confiance, continue-t-elle, au bord des larmes. Que vous étiez de grands garçons, inventifs et responsables ! J'aurais dû écouter ma mère : « ce métier n'est pas fait pour toi, ma petite biche, t'es trop gentille ». Eh bien, maintenant, c'est fini, je vais être méchante. Très méchante ! D'ailleurs, sortez vos cahiers : interrogation surprise !

De contrôles en punitions, le jeudi finit par arriver. Le soleil n'a pas quitté le ciel de toute la semaine, mais

Nicolas ne peut plus le supporter. Enfermé dans sa chambre, il a tiré le rideau. Tous ses jouets sont désormais rangés dans des cartons. Assis sur son lit, en tailleur, le dos raide, il fixe la pièce vide, plongée dans la pénombre, le regard vide, sombre lui aussi.

Quand trois coups frappent à sa porte, il ne daigne même pas tourner la tête.

– Nicolas, c'est moi, supplie la voix de son père de l'autre côté. L'éclipse est dans une heure, je t'attends dans le jardin.

– J'viendrai pas !

Après un petit silence, une enveloppe rouge apparaît, glissée sous la porte. Nicolas hésite, puis se lève pour l'ouvrir. Il en sort une étrange paire de lunettes de soleil en carton.

– Je les ai fabriquées pour toi, pour que tu regardes le soleil sans t'abîmer les yeux. Allez, viens… reprend la voix suppliante.

Nicolas ne bouge pas.

– En plus, j'ai pris exprès mon après-midi pour admirer cette éclipse avec toi ! risque papa.

À ce mensonge, Nicolas tressaille, ouvre la porte à la volée et hurle :

– C'est faux ! T'as pris ton après-midi parce que tu veux faire visiter la maison à des gens pour la vendre. Parce que tu veux qu'on parte !

Et vlan ! Il referme la porte, furieux, et retourne s'asseoir sur son lit. Après un autre silence, nouveau grattement à la porte. Il ne sera donc jamais tranquille !

– Je viendrai jamais, je t'ai dit ! enrage Nicolas, en s'abattant sur sa couette de tout son poids et fourrant la tête sous son oreiller.

Mais cette fois, la poignée s'abaisse, sans tenir aucun compte de ses paroles.

– Tu fais quoi ? Tu boudes ?

Nicolas se redresse, surpris. Devant lui, il distingue son fidèle copain Alceste, entouré d'Eudes et de Geoffroy.

– Bah quoi ! Tu croyais quand même pas qu'on allait te laisser tout seul le jour de l'éclipse ?

Quelques instants plus tard, les Invincibles pénètrent sur le terrain vague. Ils sont huit aujourd'hui. Vu les circonstances exceptionnelles, Agnan a été momentanément admis dans la bande. Ils se dirigent vers leur cabane – son toit fera un parfait observatoire pour admirer l'éclipse – lorsqu'un aboiement les cloue sur place :

– Le monstre de la veuve Zinzin ! frémit Eudes, en apercevant au pied de l'arbre le petit chien qui, depuis leur plus tendre enfance, les fait tous trembler.

Le « monstre » pousse un second aboiement, presque une plainte, et remue la queue.

– Il n'a pas l'air bien méchant, en fait, constate Geoffroy, avant de jeter un œil à sa montre : plus que cinq minutes avant le spectacle. Faut s'installer, les gars !

Tous grimpent sur le toit et enfilent leurs lunettes de soleil bricolées. Après un instant d'hésitation, Nicolas, en bout de rangée, chausse celles que lui a préparées son père. Peu à peu, dans le ciel, le soleil se voile, la lumière s'atténue. Tel un commentateur d'émission scientifique, Agnan explique à ses camarades chaque étape du processus :

– On entre dans le début de la dernière phase… le soleil est caché aux quatre cinquièmes par l'ombre de la lune… l'occultation s'accélère, le soleil ne forme plus un disque mais…

– Un croissant ! complète Alceste, émerveillé.

Enfin, la nuit se fait, totale. Dans l'obscurité, les sept garçons observent un silence religieux. Tous réalisent qu'ils vivent un moment unique, ou presque.

– Dans trente-deux ans, à la prochaine éclipse, on sera drôlement vieux, finit par murmurer Geoffroy.

– Moi je serai policier, comme mon père, souffle Rufus.

– Et moi président… ou opticien, bredouille Agnan.

– Moi je serai charcutier et je vous ferai des prix sur les saucisses, glousse Alceste.

Nicolas retire ses lunettes et fixe la nuit :

– Je ne sais pas ce que ferai, moi, dans trente-deux ans, mais je ne serai plus là. On est peut être Invincibles, mais on est pas inséparables.

Il a à peine prononcé ces paroles qu'un mince rayon de soleil vient frapper le pied de l'arbre où le chien esseulé se remet à japper.

– Qu'est-ce qu'il a, ce chien ? râle Maixent.

Nicolas saute du toit de la cabane et s'approche de l'animal. Il se penche vers lui, l'entoure de ses bras :

– Tu n'as pas supporté le déménagement, hein ? susurre-t-il. Tu es revenu chez toi ?

Le chien lui répond en jappant à nouveau et en tournant la tête vers le tronc de l'arbre. Eudes, lui aussi, s'est approché. Il observe l'arbre, pâlit :

– Nicolas, regarde…

Accroché au tronc, il lui montre une affichette. Dessus, à côté de la photo du chien, quatre mots écrits en majuscules :

CHIEN PERDU. GROSSE RÉCOMPENSE.

– Le voilà, ton trésor ! achève Eudes, les yeux brillants.

Bondissant vers l'affiche, Nicolas aperçoit tout en bas, inscrit en tout petit, une adresse, un numéro de téléphone. Et si la veuve Zinzin venait de lui sauver la vie ?

CHAPITRE 10

Après la nuit, le soleil !

Pendant que Nicolas, accompagné du petit chien et de tous ses copains, court vers le nouveau domicile de la veuve Zinzin, ses parents, assis sur des cartons, dans leur salon tapissé d'un nouveau papier peint, s'apprêtent à faire visiter leur maison. Tous deux observent cette pièce, si familière, et pourtant changée depuis les travaux : elle leur semble plus lumineuse, plus belle qu'avant. En silence, ils échangent un sourire mélancolique.

Enfin, on sonne. La mère de Nicolas prend une grande inspiration et va ouvrir.

– Bonjour, nous venons pour la visite.

– Entrez, soyez les bienvenus.

Le père de Nicolas s'est levé, mal à l'aise. Un jeune couple pénètre dans la pièce. Il les salue, sans trop savoir quoi dire.

– Voici le salon : la pièce à vivre, fait sa femme en prenant l'initiative de la visite.

– Oh bel espace ! Vous avez retapissé ? sourit le couple.

– Oui, nous changeons régulièrement le papier peint… à cause des inondations, ajoute la mère de Nicolas.

Avant de préciser, avec un petit rire étranglé :

– Les canalisations refluent ! Mais vous avez de la chance : aujourd'hui, ça ne sent pas trop les égouts !

Tandis que le couple fait une drôle de tête, le père de Nicolas dévisage son épouse, sidéré. Pourquoi est-elle en train de saboter la visite ? Puis, il comprend. Elle non plus ne veut pas partir, lui aussi d'ailleurs veut rester. Il en a assez de faire semblant de jouer au directeur, de faire souffrir son fils, sa femme, et de souffrir lui-même. Car il y tient à cette maison, à cette vie, et même à ses fichus collègues, ces bons vieux Malbain, Barlier, Duparc qui vont lui manquer, et même à Blédurt, oui, son chamailleur de voisin. Alors, soudain soulagé, sentant la boule d'angoisse qui depuis trois longs mois lui comprime la cage thoracique se disloquer en mille petits morceaux, il bondit vers la fenêtre et prend le relais :

– Venez voir le jardin ! lance-t-il aux visiteurs. Vous aimez les animaux ?

– Euh.. voui.. bafouille le couple.

– Eh bien, vous allez être servis, ici, c'est le royaume des taupes ! Elles sont gentilles, remarquez. Elles nous ont juste mordus deux ou trois fois.

Le couple, abasourdi, commence à battre en retraite.

– Mais restez, restez, insiste le père de Nicolas en haussant d'un coup la voix. Vous serez bien ici, même s'il faut avouer qu'il n'y a pas beaucoup d'intimité !

– Tu peux le dire ! lui répond de l'autre côté du mur la voix de Blédurt, fidèle au poste.

Le couple, à présent effrayé, se replie jusqu'au couloir. Sans y prêter attention, en regardant sa femme droit dans les yeux, le père de Nicolas reprend :

– C'est une maison modeste, certes, mais chaleureuse…

– Oui, lui répond-elle, comme en écho. Elle est petite, il n'y a pas assez de placards, pas de domestique pour vous aider, mais on s'y sent parfaitement à son aise…

– Et on est content de la retrouver le soir en rentrant du bureau, enchaîne le père de Nicolas en prenant les mains de son épouse.

– C'est chez nous, en somme ! conclut celle-ci, en lui souriant amoureusement.

Le bruit d'une porte qu'on referme interrompt leur sérénade. Tous deux éclatent de rire.

– Toi, je ne suis pas loin de penser que tu ne tiens pas spécialement à devenir directeur ! roucoule maman. Qu'est-ce que tu vas dire à Moucheboume ?

Papa lui fait un sourire qui vaut tous les « je t'aime » du monde et saisit les clés de sa voiture.

– Simplement la vérité ! Et j'y cours !

CHAPITRE 10

Une petite heure plus tard, c'est un Nicolas impatient qui retourne chez lui au galop, le cœur gorgé d'espoir et une grosse liasse de billets dans sa main. Est-ce que cela sera suffisant pour empêcher papa de les emmener à Aubagne ? Il n'en est pas sûr. Arrivé devant chez lui, il pousse la porte, traverse l'entrée, pénètre dans le salon. Où sont passés ses parents ?

Le bruit d'un éclat de rire, venu du jardin, le guide vers la porte-fenêtre. Il aperçoit sur la pelouse son père en train de gesticuler, à la manière d'un monsieur furibond. Debout devant la haie, arrosoir à la main, sa mère rit aux larmes. Cela fait longtemps qu'il ne les a pas vus si joyeux…

Intrigué, Nicolas tend l'oreille :

– Tu l'aurais vu, en tenue de tennis, sa raquette à la main, il était comme fou ! Il a bondi de sa voiture sur le parking, a brandi sa raquette et l'a fracassée au sol ! se moque papa, en mimant la scène.

– Ça ne m'étonne pas de Moucheboume. Je suis bien contente qu'il l'ait perdu, ce fichu match ! rigole maman.

– Oui, mais attends la meilleure : il est persuadé que Grifaton a payé l'arbitre. Il parle d'atteinte à l'éthique du sport… Donc il ne veut plus racheter l'entreprise !

– Non ?!

Nicolas voit son père prendre sa mère dans ses bras :

– Tout ça, c'est grâce à toi ma chérie ! Cette balle de

match, cette petite bricole sans conséquence, comme tu disais… Ah ah ah !

Et Nicolas, qui ne comprend pas bien encore, voit son père éclater d'un grand rire enfantin. C'est alors que la tête de Blédurt émerge de la haie, où elle devait être cachée depuis un bout de temps :

– Vous ne partez plus ?

– Eh non, mon vieux !

– Ton patron a dû se rendre compte qu'il faisait une sacrée bêtise en te nommant directeur, tacle le voisin, ravi.

Avant d'ajouter :

– Je gardais une petite bouteille de champagne au frais, au cas où. Je vais la chercher tout de suite !

Immobile à la porte-fenêtre, Nicolas a assisté à toute la conversation. Ses tempes bourdonnent. Comme un soleil sur le point d'éclater, une immense chaleur gonfle son cœur. Mais il n'ose en croire ses oreilles. Sentant le contact des billets toujours serrés dans sa paume devenue moite, il les fourre machinalement dans sa poche, puis s'avançant jusqu'à ses parents :

– C'est vrai, on ne déménage plus ?

– Non mon chéri, on reste ici !

Alors le soleil explose, répand tous ses rayons dans le corps de Nicolas. Il ne s'est jamais senti aussi heureux de sa vie. Le souffle coupé, il s'élance dans les bras de ses parents sans un mot, les serre très fort contre lui…

– Tu pourras dire à tes copains que tu seras avec eux l'année prochaine et que vous irez tous ensemble à l'Observatoire de Meudon, souffle papa, très ému.

– S'il gagne le concours après-demain ! chuchote maman.

– Bien sûr qu'il va gagner. Un Invincible, ça ne peut pas perdre ! s'illumine le père de Nicolas.

Pour tout avouer, l'Invincible en question a encore quelques doutes sur cette dernière difficulté. Mais il n'est plus le petit garçon insouciant qu'il était il y a encore trois mois. Toute cette histoire l'a fait évoluer. Et maintenant, comme dirait la maîtresse, c'est un grand garçon inventif et presque responsable… qui a un tas d'argent dans sa poche.

Ainsi, le lendemain, vers l'heure du déjeuner, un client familier entre dans la boulangerie de Mme Chouquette, celle qui est tout à côté de l'école. En voyant sa bouille ronde, à peine plus haute que le comptoir, la boulangère demande :

– Deux croissants, comme d'habitude ?

– Non, je voudrais des tablettes de chocolat, répond le jeune client.

– T'en veux combien ?

Alceste sort une liasse de billets de sa poche, qui ne sont même pas ceux du Monopoly.

– Environ cinq cents.

Plus tard dans l'après-midi, après la sortie de 16h30, alors que le Bouillon fait sa ronde dans la cour de l'école désertée, en s'exerçant tant bien que mal à siffler entre ses doigts, la sonnerie de la grille retentit.

Le surveillant fronce les sourcils. Qui cela peut-il bien être ?

Jetant un regard inquiet vers le gymnase où les œuvres, recouvertes d'un drap, ont été installées pour le concours du lendemain, il se dirige vers le portail. Derrière les barreaux, il avise une frêle silhouette :

– Qu'est-ce qu'il y a, mon petit Agnan ? Tu sais bien que l'école est fermée.

– J'ai un service à vous demander, répond le chouchou. Moi et mes copains, on voudrait rentrer pour ajouter un dernier petit détail sur notre œuvre…

Le Bouillon, offusqué, se redresse de toute sa hauteur :

– Impossible ! Le règlement l'interdit, ce serait de la tricherie caractéri…

– En échange, je vous dis qui vous a volé vos sifflets, marmotte Agnan.

– Comment… je… entendu, marché conclu ! se laisse aussitôt corrompre le Bouillon.

D'un geste, le premier de la classe ouvre son cartable et en sort une pleine poignée de sifflets. De beaux sifflets en métal, avec une petite boucle.

– Mais, mais… c'est toi qui… qui… pourquoi ?

– Monsieur, lui rétorque Agnan, en tombant le masque, depuis que je suis tout petit, je fais tout comme il faut, je n'ai jamais connu le frisson de l'Interdit. Toutefois, comme l'écrivait le philosophe danois Kierkegaard, « la vie n'est pas un problème à résoudre, mais une réalité dont il faut faire l'expérience ». Vous n'êtes pas d'accord ?

– Oui, oui, bien sûr… déglutit le Bouillon, en se dépêchant de rempocher ses précieux sifflets.

– Pour vraiment savoir ce qui est bien, il faut savoir ce qui est mal. Et voler, c'est mal, reprend Agnan. Mais puisque je vous ai rendu votre bien, techniquement, ce n'est plus du vol, c'est un emprunt… Vous nous laissez entrer, maintenant ?

– Tout de suite ! souffle le Bouillon, en entrouvrant le portail.

Après lui avoir adressé un sourire princier, Agnan se retourne, place ses doigts entre ses lèvres et émet un sifflement net, bref, sans bavure. Le Bouillon, impressionné, a trouvé son maître.

Une minute plus tard, les sept Invincibles pénètrent dans le gymnase, poussant devant eux une brouette emplie à ras bord de tablettes de chocolat.

– Cette fois, tu l'auras, ton initiale sur notre drapeau ! sourit Eudes, en passant devant Agnan qui leur tient la porte grande ouverte.

– Allez, au travail, les gars ! s'exclame Nicolas, en soulevant d'un geste enthousiaste l'un des draps blancs. On a une planète à réparer maintenant !

Le lendemain, il pleut. C'est étrange pour un samedi de la fin du mois de juin, qui aurait dû être radieux. Dans le gymnase de l'école, l'atmosphère est fraîche et tendue. Les quelques guirlandes et ballons accrochés aux murs ne parviennent guère à la réchauffer. C'est le grand jour, celui de la cérémonie.

Devant les parents endimanchés, plusieurs classes ont déjà dévoilé leurs créations, télescopes en boîtes de conserve ou fusées spatiales en carton, n'ayant déclenché que des applaudissements polis.

– Plus que deux œuvres, et vous pourrez voter pour celle de votre choix en déposant un bulletin dans cette urne, répète pour la dixième fois le directeur en tapotant le récipient de métal, fermé d'un gros cadenas, posé devant lui. Je rappelle que la classe qui gagnera le concours aura l'insigne honneur de visiter ce lieu, ô combien illustre, qu'est l'Observatoire astronomique de Meudon.

Debout près de ses élèves qui sont assis par terre, la maîtresse de Nicolas réprime un soupir angoissé. À côté d'elle, Eudes, qui vient de s'absenter pour aller aux toilettes, comme Maixent et Clotaire avant lui, se rassied. Geoffroy, à son tour, se met à gigoter :

– Je peux y aller moi aussi, mademoiselle ?

L'institutrice acquiesce en silence, de plus en plus agacée. Son regard tombe sur Alceste qui, au milieu de ses camarades blafards, le teint rose et épanoui, est en train de paisiblement terminer une tablette de chocolat.

– Qu'est-ce qu'ils ont tous ? lui chuchote-t-elle.

– Une indigestion… Pfffh, petites natures ! lui répond le gourmand, la bouche barbouillée de cacao, en croquant une nouvelle bouchée.

Une salve d'applaudissements, plus nourrie que les précédentes, fait relever la tête de la jeune femme. Sa collègue, Mme Bouillaguet, vient de tirer le drap recouvrant l'œuvre de sa classe. Il s'agit d'une carte du ciel étoilé, si parfaitement exécutée qu'on pourrait se demander si la main d'un enfant y a contribué…

– Beau travail ! félicite le directeur.

La maîtresse de Nicolas voit sa collègue bomber le buste et lui lancer un regard suffisant. Écœurée, elle baisse les yeux en rougissant. « Le match est plié », se dit-elle.

– Et maintenant, la dernière œuvre… poursuit le directeur.

Si la jeune femme pouvait s'enfuir en courant, elle le ferait, mais elle se tourne vers l'assistance et prend courageusement la parole :

– Excusez-moi, je voulais vous prévenir… Nous aurions dû vous présenter un travail soigneux et abouti, mais un incident est survenu… une catastrophe, dont j'assume l'entière responsabilité. Bref, ce que vous allez découvrir n'a rien à voir avec ce qu'avaient en tête vos enfants, et c'est de ma faute.

Ensuite, fermant les paupières, et sans même se retourner vers Agnan, chargé de révéler leur « œuvre », elle attend que le couperet tombe. Elle entend le souffle du drap qui se soulève, un long murmure ébahi… puis un « bravo », deux, trois, cinq, et enfin, un tonnerre d'acclamations qui résonnent dans le gymnase. Étonnée, confondue, la jeune institutrice finit par se retourner pour découvrir, au lieu de la pauvre Terre trouée et cabossée qu'elle s'attendait à voir, un gigantesque astre d'or, parfaitement rond, magnifique, qui illumine la salle, projetant ses rayons en papier doré.

– Oh là là ! Mieux qu'une planète, c'est un véritable soleil ! s'émerveille le directeur, au milieu des applaudissements.

Alors, sans même songer à rendre son regard à Mme Bouillaguet qui, lèvres pincées, prend acte de sa défaite, la maîtresse de Nicolas se tourne vers ses élèves et leur sourit, fière et heureuse. Elle aperçoit Alceste qui lui montre sa tablette de chocolat, entourée du même papier doré, Eudes,

Geoffroy, Maixent, Rufus, Clotaire, Nicolas et même Agnan, qui les a rejoints en hochant la tête d'un air bravache. Tous les huit, d'un seul mouvement, viennent l'enlacer !

– Merci les enfants…

– De rien, lui chuchote Clotaire. Et vous savez, vous n'arriverez jamais à être méchante. C'est comme moi avec l'orthographe. Même si vous faites des tas d'efforts, vous resterez toujours la plus gentille des maîtresses.

Un coup de sifflet résolu ramène soudain un peu d'ordre dans la joyeuse cacophonie :

– Et maintenant, le vote ! tonne le Bouillon, rayonnant.

M R
N
E
A
G G

ÉPILOGUE

Le plus beau des trésors

Nicolas et ses copains l'auraient peut-être gagné, ce concours. Mais ça, personne ne le saura jamais. Parce qu'à la fin du vote, au moment d'ouvrir l'urne contenant les bulletins, le directeur de l'école s'est aperçu qu'il n'avait plus la clé.

– Vous avez é-ga-ré quelque chose, monsieur le Directeur ? a articulé le Bouillon, en le voyant tâter ses poches.

Le directeur lui a lancé un regard noir.

– Oh ! À moins que quelqu'un vous l'ait… sifflé ? a ajouté le Bouillon, avant de préciser, en savourant sa revanche :

– C'est un jeu de mots !

Perdue ou volée, personne ne l'a jamais retrouvée, cette fichue clé. Et donc la classe de Nicolas n'est pas allée à

l'Observatoire astronomique de Meudon. Mais ça ne fait rien.

En sortant de l'école ce matin-là, Nicolas est passé devant le terrain vague. Il n'a pas pu s'empêcher de demander à ses parents, qui marchaient devant lui, main dans la main :

– Je peux rester jouer ?

– D'accord, mais sois revenu pour l'heure du déjeuner, a souri maman.

Alors il a écarté deux planches de la palissade et est entré en son royaume. Là-bas, sous la pluie fine qui continuait de tomber, le drapeau des Invincibles semblait presque en berne. Nicolas a souri. Lui et ses copains n'étaient peut-être pas si invincibles que ça, après tout. Il y avait des choses qu'ils ne pouvaient pas contrôler. Nicolas a regardé le toit de leur petite cabane, leur observatoire astronomique à eux, et s'est rappelé du jour de l'éclipse. « Dans trente-deux ans, je ne sais pas ce que je ferai, moi, mais une chose est sûre : je ne serai pas là », avait-il dit.

Mais grâce à toute cette histoire, il avait compris le plus important : le temps allait passer et lui comme ses copains deviendraient grands. Si ça se trouve, ils auraient même des enfants, une femme, une maison, un métier. Bref, ils seraient très occupés et se verraient peut-être un peu moins. C'est la vie, il paraît. Et dans trente-deux ans, même le terrain vague aurait bien changé.

À la place des herbes folles actuelles, il y aurait sûrement une grande et belle pelouse.

Plus de cabane, plus de drapeau, plus d'auto rouillée, mais un grand toboggan.

Nicolas se l'imagine très bien, ce jour, trente-deux ans plus tard.

Parce que ce jour, c'est aujourd'hui.

Nicolas vient de garer sa voiture devant la grille du jardin public. Un gamin en bermuda et t-shirt, en descend immédiatement.

– Attends-moi fiston ! J'ai une surprise pour toi.

À son tour il sort de la voiture, glisse sa main dans sa poche et tend au gamin une enveloppe rouge, un peu froissée. À l'intérieur, il y a une vieille paire de lunettes de soleil bricolée.

– C'est ton grand-père qui me l'a fabriquée, il y a trente-deux ans, explique Nicolas. Je l'ai gardée précieusement… pour que tu ne t'abîmes pas les yeux aujourd'hui.

Son fils lui sourit, met sa main dans la sienne. Ensemble, ils ouvrent le portillon du parc. Nicolas se souvient de cette époque où il devait pousser une planche de la palissade pour pouvoir entrer. Un frisson d'émotion le parcourt. Serrant la main de son fils, il s'avance dans l'allée du jardin public, en direction du toboggan. Tant de choses ont disparu, et pourtant, l'essentiel est là.

Nicolas montre à son fils le vieil arbre tordu, qui s'élève, tout vert encore. Il s'approche et passe une main sur l'ancien insigne gravé dans l'écorce du tronc :

« E, C, G, R, A, M, N, A »

Inutile de préciser que le second « A », un peu plus petit que les autres initiales, c'est celui d'Agnan. Son fils connaît l'histoire par cœur. D'ailleurs, ce dernier vient de lui lâcher la main : Nicolas le voit se précipiter vers un gamin joufflu, qui mange un croissant. À côté de lui, son papa en fait autant. Ils ont un indéniable air de famille ! Le visage de Nicolas s'illumine : il s'avance vers Alceste, lui tape dans le dos.

– Salut mon vieux, alors prêt pour l'éclipse ?

– Et pas qu'un peu, je me suis équipé ! lui répond

Alceste, en sortant de sa poche une paire de verres solaires, et un second croissant.

– Plus que cinq minutes avant le spectacle ! Les enfants, faut s'installer ! fait derrière eux la voix d'un homme, en costume chic, qui vient de jeter un coup d'œil sur sa belle montre.

Nicolas sourit en reconnaissant Geoffroy. Un peu en retrait, il aperçoit aussi un grand type au teint de craie, des petites lunettes rondes cerclées de fer sur le nez : ce bon vieil intello d'Agnan ! Celui-ci, livre d'astrophysique sous le bras, l'entraîne vers un groupe de trois autres hommes, assis sur l'herbe autour d'un pique-nique. C'est Rufus, Clotaire et Maixent. Un peu plus loin, Nicolas aperçoit Eudes, en survêtement, qui joue au foot avec ses enfants. Ils sont tous là. Pas un ne manque.

Nicolas rejoint ses copains. Tous s'assoient et chaussent leurs lunettes, comme avant, à une différence près : ils ont quarante ans et, autour d'eux, il y a plein d'enfants.

– Ça commence ! On entre dans le début de la première phase, annonce Agnan.

Tous, petits et grands, lèvent la tête vers le ciel. Peu à peu occulté par l'ombre de la lune, le soleil entame sa disparition.

– Oh un croissant ! fait la voix d'un gamin dans la pénombre.

Enfin, l'obscurité devient totale. Nicolas retire ses lunettes et, dans le noir, essaye de distinguer les silhouettes qui l'entourent. Il ne peut pas les voir, mais il devine leur présence. Ils sont toujours là. Mais ça, il l'a toujours su.

Depuis ce jour de pluie parmi les herbes folles du terrain vague, où il a compris que le plus beau des trésors n'était ni un premier prix au concours, ni un gros tas d'or viking, mais le simple fait de savoir que, peu importe où le mènera la vie, à Aubagne ou ailleurs, il pourrait toujours compter sur ses amis, ses inséparables. C'est comme des petits soleils les copains. Même quand on les voit plus, ils sont là. Toujours.

Fin